U0500146

致扎克与象海豹

"精神失常是对这个疯狂的世界最理性的适应。"

——R.D. 莱恩

象海豹出现的时刻

[英] 塔尼亚·弗兰克 著

黄瑶 译

北京联合出版公司

Beijing United Publishing Co.,Ltd

目录

繁殖的季节
2017 年冬天 _____ 1

第一章 病发 _____ 001

第二章 非特异性精神障碍 _____ 014

第三章 令人生畏 _____ 026

第四章 漂亮男孩 _____ 042

第五章 迁居 _____ 058

第六章 年度全才 _____ 069

第七章 变幻莫测的诊断 _____ 082

第八章 车祸 _____ 101

第九章 新年湾 _____ 112

第十章 搁浅 _____ 132

第十一章　流浪 —————— 149

第十二章　家 —————— 162

第十三章　斯瓦夫 —————— 173

第十四章　兰厄姆 —————— 189

第十五章　约克郡 —————— 204

第十六章　克兰沃斯 —————— 211

第十七章　靠边停车 —————— 225

第十八章　封锁 —————— 236

第十九章　教训 —————— 251

第二十章　家 —————— 261

致谢 —————— 270

繁殖的季节

2017 年冬天

我步行去了南岬。那里既荒芜又凄凉，空气中充斥着象海豹褪下的毛发与海鸟的粪便气味。我举起双筒望远镜，好更清楚地看到她——第一只脱毛的象海豹。它正缓慢而笨拙地拖着身体，爬过沙丘和阿罗约柳。

初冬在加州北部的象海豹保护区新年湾属于繁殖的季节。我在那里接受讲解员培训。我的志愿者同伴们正在大仓里吃午饭，只有我一个人溜了出来。散步有益身心。我在沙滩上留下一串串新的脚印，皮肤在咸咸的空气中感觉阵阵刺痛。我握紧拳头，又松开。

湾头滩上，冲浪者穿着黑色的潜水服，划开一道道海浪。我的儿子曾经也经常冲浪，在小型划水板上直起敏捷的身躯。那时的他信任大海，信任海水的纯净。我想不到有什么事能阻碍他的梦想。

母象海豹会趁公象海豹不注意，潜入水中。它知道如果自己被抓，公象海豹们便会试图与它交配，不会理会它筋疲力尽、或是饥肠辘辘。

有幸没被发现，它潜入海浪，游向更深更暗的水域，皮肤如银箔般闪亮。在那里，它可以更自在地游来游去，只需考虑自己。母象海豹没有回头看自己的幼崽，它正在沙滩上抬着头、挺着胸脯寻找妈妈的踪影。这是幼崽出生以来第一次离开妈妈的身边。母象海豹已经为幼崽付出了全部，即便是面对惊涛骇浪，即便是被咆哮着激烈争夺首领位置的庞大公象海豹挺直身子团团围住，或是因为生产而身体空虚，又因哺乳和禁食而失去了三分之一的体重。

此时此刻，有什么在告诉它，是时候离开了，不要理会微风中飘来的幼崽哭声——还在像过去一个月那样继续呼喊。这个声音总能让母象海豹寸步不离地守在它身旁。但妈妈现在已经远去，带着对鱼和枪乌贼的满心渴望，独自潜入深海。而爱哭的幼崽胖得还无法游泳，漂浮的身躯很有可能引来鲨鱼。它必须瘦下来，自己学着冒险尝试。我注视着被抛弃的幼崽搁浅在岸边。

幼崽在首航过程中的存活率只有五成。即便这只幼崽有天能够成功返回新年湾，回到孕育它的出生地，也没有科学证据表明，它可以和母亲重聚。母亲会忘记幼崽的气味,忘记它的哭声和它年幼时与自己建立的纽带。母象海豹会再次交配、生育和繁殖,完全遵从本能继续生活。

站在悬崖边,我想起了扎克,我最小的儿子。他正躺在家中,蜷缩在睡袋里,双手捂住耳朵,阻挡只有他才能听得到的声音。

墨镜背后,泪水刺痛双眼。哭声更是肆无忌惮。我喉咙剧痛,想爬到下面的海滩,抱起那只幼崽,亲自喂养它,但保护区里适用自然法则,人类不得干预。

我离开南岬,在低垂的天空下往回走。保护区北部的大海仍旧被浓雾笼罩。另外几名讲解员聚集在一起,坐在大仓里开始了下午的会议。我们将观看加州大学研究员拍摄的大白鲨视频片段。我还是戴着墨镜,站在门边,尽量不为加州海岸这片偏远地区没有无线网或手机信号感到恐慌。不知道儿子醒了没有,会不会疯狂地联系我,或者打电话给他哥哥。我来这里是为了分散注意力,努力不让自己变成一个一心忙于照顾儿子、想帮他重振士气的女人,却不知道这样做到底有没有用。

鲨鱼专家开始评论鲨鱼的进食习惯与进化过程。讲座听起来十分沉闷,屋里又不透气,让人很难集中注意力。我听专家说，大白鲨名声不好，因此我们有责任向公园的游客解释它们为什么不值得害怕和憎恨。从他急迫的语气和喉结的颤抖，我能感受到这对他非常重要，也听得出他急于澄清事实的渴望。

第一章
病发

2009 年秋天

"他们就是这么监视我们的。"他压低嗓门,表情凝重,口气生涩,"我们得把里面的东西剪掉点什么,换掉听筒。我能做到。"

"谁?"我问,"谁在监视我们?为什么要监视我们?"

他竖起一根手指,放在嘴唇上,示意我安静,然后开始在工具箱里东翻西找,但似乎并不确定要找什么。

"出什么事了?"我轻声问。

事情就是这样开始的。深夜时分,我发现 19 岁的儿子扎克正在洗衣房里摆弄一部失灵电话的电路板线路。

他这辈子从未改过什么线路,何况我家 5 年前就已经停掉了座机服务。

我凝视着他。他紧绷着瘦削的身子，脖子上的肌肉都已变形，挥舞的双拳好像随时准备打向地下室悬挂的沙袋。他睁着放大的瞳孔，穿梭在熟悉的空间里却如同一个笨拙的入侵者，一下子撞上了靠墙摆放的那辆溅满泥巴的自行车。我已经认不出他来了：他的表情，他的动作，他的举止。

"你吸毒了吗？"我问。他摇了摇头。

我站在这间已经被他遗忘的房子里，浑身发抖，赤裸的双脚被水泥地面冻得已然麻木。作为土生土长的伦敦人，我能够忍受潮湿，所以深知令我颤抖的不是寒冷，而是发生在儿子身上的事带来的恐惧。

南斯去旧金山出差了，大儿子戴尔在圣巴巴拉上大学。我和小儿子生活在洛杉矶——一座拥有 1200 万人口的大都市。

外面正值秋季，一个天空灰暗、落叶枯萎、令人反省的季节。

"你坐。"扎克恳求我。他滑落到地板上，魁梧的后背紧贴着洗衣机。我也陪他坐下，把一堆要洗的衣服推到一旁。

　　他身高5英尺9英寸①，比我高大，一头浓密的栗色头发，眼睛和我一样泛着金色的斑点。他的脸庞、前臂和小腿——所有露在潜水服外面的部位——仍旧留着漫长夏日晒出的深色印记，身上穿着尼龙T恤和足球短裤，凑近了闻有股艾克斯牌除臭剂混合着大蒜的味道。

　　他昨晚留宿在这里，没有返回韦斯特伍德的合租公寓。我按他喜欢的方式做了意大利面，配上番茄洋葱调味沙司，还搭了些帕尔马干酪碎。他吃得津津有味（这总是能让我这个犹太妈妈心满意足），然后早早就钻回以前的卧室写期中论文。他正在加州大学洛杉矶分校攻读历史学位。我把他的疲惫与沉默归咎于学业压力或女友的困扰。但除此之外，他看起来似乎一切正常。

　　一切正常。当我们并排坐在一起，他的嘴巴贴着我的耳朵时，这个想法好像十分荒谬。

　　"我怕坏人能听见我和你说话。"

　　我笑了笑，感觉如鲠在喉，一部分原因在于他呼出的热气令我发痒，更主要是因为这是我紧张时的下意识反应。我不知该说些什么，做些什么。这是一个全新的

---

① 1英尺＝30.48厘米，1英寸＝2.54厘米。

领域，没有约定的章程。我感觉手心和后脖颈都在冒汗，还被他突然俯身去抓背包的动作吓了一跳。

他掏出了笔记本和马克笔。就在他拉上隔袋的拉链时，我看到了家里昨晚丢失的那把锯齿菜刀的刀尖。肾上腺素在我体内四处奔走。我的儿子永远不会伤害我。我知道他不会。他是扎克啊，看在上帝的分上。我温柔可爱、轻声细语、笑容从容的儿子。

我一言不发地坐在地板上，呼吸短浅而急促。他专注于自己分配的任务，卷曲的头发披在脸上，向前俯身写道：

迈克和乔什其实不是我的朋友。

他们是想伤害我的俄罗斯黑手党成员。

加州大学洛杉矶分校是专门监视我的网络。

我们的电脑和手机都被窃听了。

这一刻，我关于为人父母所知的一切都在经受考验。我伸出一只手，按在他的额头上，感觉温温的，但不算太热。"待在这里别动。"我语气坚定地说，仿佛他是一只随时会夺门而出的小狗。我从浴室里抓起体温计，塞到他的舌头下面，祈祷这是发烧引起的神志不清，吃片阿司匹林就会好。但体温计上的读数是 37 摄氏度。体温正常。恐惧在我的胸口蔓延开来。

"起来，小扎。"我鼓励着搀扶他站起身，"我觉得你太累了。"

我把手搭在他的肩头，像他小的时候我经常做的那样，领着他回到床边。这座三层小楼坐落在旧好莱坞的山坡上，与我们过去在东伦敦居住的廉租房简直天壤之别。他以前住过的房间位于这里的地下室。住在这座房子里总有种不太真实的幸福感，但突然之间，我竟然开始反感房子的楼梯太多，空间太大，黎明和南斯都在遥不可及的远方。

我为他披好被角，希望他睡醒时还能是原来的自己——那个拥有和善双眸、高挺鼻子的男孩，那个看到老剧《辛普森一家》仍能捧腹大笑的男孩，那个喜欢在马里布海滩高过头顶的巨浪间穿梭的男孩，那个光凭耳朵就能在钢琴上弹奏出一切曲调的男孩。那个令我无比骄傲的儿子。

我的希望是徒劳。他怎么也无法入睡。洛杉矶，这个永远年轻、前卫、充满活力的城市，仿佛也患上了失眠。平原上传来警笛，土狼咆哮着回应。扎克坐起身，从百叶窗下向外偷看。远处，新闻直升机正在好莱坞的星光大道上空盘旋，报道《阿凡达》的首映。

"你看，我早说过吧。"他低声说道，声音轻得我不得不竖起耳朵才能听清，"我被监视了。他们看出了我的心思。他们要来抓我了。"

他的声音透露出一种纯粹的恐惧。他小时候曾在电视上看过《科学怪人》的几个场景，自此便噩梦连连。从那时起，我就再也没有听到过这种声音了。当时，这样的情况似乎持续了好几个星期：我醒来时便会发现他睡在我的旁边。我们仿佛穿越到了过去。恐惧吞噬了他的一切。他不允许我离开他的身边。

直到家里的贝德灵顿犬贝尔停在我们脚边，扎克伸手去抚摸她，我才松了一口气。不管怎么说，这是一个好兆头——男孩和他的狗。贝尔是扎克 11 岁那年求我们买来的。为了支付它的领养费，他毫不留恋地卖掉了自己的口袋妖怪卡片。他是个认真的孩子，戴着哈利·波特式的眼镜，天资聪颖，是个国际象棋奇才。我们其他人甚至连规则都搞不清楚。我仍旧记得他怀抱着奖杯回家时脸上那种既羞涩又喜悦的表情。

我让贝尔留下来陪他，自己钻进了厕所。家里的另一只狗苏琪一路尾随着我。我上完洗手间，给南斯拨了个电话，却被转接到了她的语音信箱。"亲爱的，是我。我需要和你谈谈，有急事。扎克有点儿不对劲。"

扎克敲了敲洗手间的门，吓得我的心怦怦直跳。我按下冲水马桶，竭力摆脱心中的恐惧，绷紧嘴角，放松下巴。我不知道他听到了多少，也不想做出任何会加剧他不信任的事情，让他担心家人加入了敌方的阵营，要与他作对。

"你能留下来陪我吗？"他问。

"当然。"我回答，然后跟在他的身后，攥紧手机，偷偷查看着电池的电量，将手机调到了振动模式。

扎克钻进被窝，拉起毯子捂住脸。我坐在他的身旁，一只手搭在他的肩膀上，努力安慰他的同时也在安慰自己。

我就这样一直待到了太阳爬上棕榈树的树顶，耳边响起冠蓝鸦的叽喳，仿佛世间一派平和气象。手机在我的口袋里嗡嗡作响。是南斯打来的。我蹑手蹑脚地走出房间，找了个隐蔽的地方接听。我听得出她正准备去上班。南斯是个广告制片人，一天到晚都在应对工作室或外景的混乱局面，或是处理演员、摄制组、拍摄设备方面的问题，如今还要面对这些。她天生就是个处乱不惊的人，坚定平和的语气总能让我冷静下来。

"也许我们可以再等等看。"她说，"说不定他只是遇到了什么糟糕的事情。"

"可他一直都待在这里啊。"我回答，仿佛糟糕的事情只会发生在狂欢派对和同龄人的陪伴下。

"那如果他今晚还没有好转，你可能就要送他去医院做个检查了。"南斯说。

挂上电话，我的胃里一阵翻江倒海。当我把注意力集中在扎克身上时，日子总是过得十分缓慢。他没吃早饭，午饭和晚饭时也水米未进。他从地下室的窗户望向外面的死胡同，似乎在等什么人。他还会好奇而困惑地望向镜中的自己。我又问了一遍他有没有吸毒，头疼不疼，夜里有没有摔倒，他都说没有。我相信他。

夜幕降临之际，我想起了南斯的话，于是假装肯定地告诉扎克，我们要去看急诊。他瞪着我，眼中充满了恐惧与疑惑，仿佛这话是在表明我即将背叛他。我退缩了。我是他的妈妈。但他点点头，摆动双腿下了床。我领着他挪到楼上，钻进家里的沃尔沃汽车，帮他系好前排座椅的安全带，并且打开了儿童安全锁。以防万一。向西朝着大海和加州大学洛杉矶分校的罗纳德·里根医疗中心的路驶去，他的目光从广告牌转向人行道上的行人，再瞥向车牌。我放慢车速，专注于自己的呼吸。

"我怎么了？"他问，"我做了什么，成了他们的目标？"我说他肯定是累坏了，也许是因为应试压力过大，希望他们能给他开点助眠的药物。我也不知道我是在努力安抚谁。

急诊室里冷冷清清，只有零星几个人坐在乙烯基座椅上。角落里，一台静音的电视在闪烁。我们很快就被带进了一个私人的无菌温控隔间。他们要求扎克套上蓝色长袍，戴上塑料身份手环，还腾出洗手间让他在样本杯中小便。回到隔间，一名护士为他检查了生命体征。脉搏。体温。血压。

"一切正常。"她确认。

"那太好了，小扎。"我说。

然而我们并没有被领去另一个科室接受进一步的检查，也没有去药房取药，而是被要求等待。我们照做了。各式各样的机器闪烁着嘟嘟作响。身穿浅蓝色制服和舒适鞋子的工作人员在灯火通明的走廊里飞快地穿梭。接待台表面的风平浪静背后暗藏着令人不安的混乱。眼前的一切都是烦躁的我们不想看到的：油地毡上滑动的手推车、脚步匆忙的人影、写字夹板的咔嗒声、耀眼的灯光、仓促而模糊的对话。

　　一名护士匆匆走进来，询问扎克的健康状况、用药情况、是否对什么东西过敏。我猜她想问的是，他吃没吃饭，喝没喝水，有没有睡觉。但我一直心不在焉地盯着她遮盖鼻环孔的蓝色胶带、手臂上的膏药和从袖口露出的一角文身。

　　做完笔记，她鼓了鼓鼻孔，弄皱了鼻子上的胶带，转身离开了。

　　扎克也想离开。他改主意了，闭上双眼，脑袋歪向一侧。我看得出来，他听到了某个我听不到的声音，觉察到某种我无法理解的危险正在迫近。我替他感到心痛，因为他为了回家，必须循规蹈矩，拿出良好的表现与理智。我真希望身处医院、被医生和护士包围的事实能让我感到安全和慰藉。从小妈妈就教育我，医生是神明，护士是天使，他们能奇迹般地治愈病人。小时候，我和兄弟姐妹一有鼻塞或咳嗽的迹象，就会被送去全科医生那里问诊。为了治疗扁桃体炎，我服用了过多的四环素，导致成年后长出的牙齿都染了色。母亲直到61岁去世时仍对医护人士深信不疑。我想要相信她信任这些人是对的。也许我也能通过这种方式给扎克灌输信心。我们可以从医生那里得到自己需要的东西，然后继续上路，朝着家的方向，回到属于我们的地方。

我偷偷看了看其他病人。他们有的在呻吟，身上还打着绷带，血迹斑斑。我努力摆脱心中挥之不去的疑虑，摆脱想要带着儿子逃离的念头。也许我们可以重新开始：多睡觉，多吃肉酱意面，拉上窗帘、安安静静地窝在床上，中间依偎着贝尔，沉浸在能给我们带来安慰的事情上——至少在今天之前能给我们带来安慰的事情。

我抬起头，注意到有人指派了一名保安驻守在我们门外。我告诉自己，这肯定是医院规程的一部分。

经过又一轮的提问和进一步的体温、血压检测，一位棕色眼睛、目光和蔼、穿着雏菊印花连衣裙的精神科女医生要求先和扎克单独谈谈，再与我私下交流，最后和我们两个一起聊聊。我重述了过去24小时发生的事情，还没说完最后一句话就已经签下了同意他接受精神病房72小时观察的文件。我意识到，原来我始终紧紧抱着希望不放，期待有人能给我们一个具体的、科学的解释，这样我们就能解决问题。这样我们就能治好他。

扎克左顾右盼，想知道他的病房会不会上锁，同时不断急迫地坚称他遭到了暴徒的追捕。

"扎克，一切都会好起来的。"我说，试着像昨晚那样伸出手臂拥抱他。但他已经躺在了轮床上，让拥抱的动作显得十分尴尬。我发现，他摘下腕表后手臂上露出了一块苍白的皮肤。他的眼镜也不见了，和衣服一起被塞进了透明的塑料袋里。那一瞬间，他看起来比我们入院时更加虚弱了。看到我挥手道别，他朝我眯起了眼睛。我不知道该如何抛下他。难道我就这样转身走向韦斯特伍德广场吗？时间轴上的一切都发生了改变，而我无法逆转。

我独自开车回家，沿着好莱坞的小路向山下驶去，然后爬向家所在的山顶。脚下的城市里，成片的玻璃和钢铁摩天大楼闪烁着橙色的微光。我把车子停进车棚，待在车里，仍是瞠目结舌，无法动弹，脑海里无法摆脱儿子被人按在床上注射药物、口水横流、双脚不安地蹬来蹬去的画面。这件事已经吞噬了我的儿子，将他禁锢其中，也把我赶出了这座突然间充满了敌意的陌生城市。

　　我走进屋子，瘫倒在床，感觉内心有什么东西正在一点点泄气，只剩下几声哀怨的叹息。

第二章

非特异性精神障碍

第一次看到象海豹时，我欢欣雀跃。我们都手舞足蹈，尤其是扎克。

那是我们的第一个感恩节假期。南斯建议全家来一趟长途旅行，去旧金山湾区看看她儿时的家乡，和她的父母一起过节。我们沿着一号高速公路驱车穿过大苏尔——当地人口中的"上帝的国度"。这条漫长的海岸线拥有最深的水下峡谷、最茂密的海藻林和大量的海洋哺乳动物。

我们越往北走，地势就越是崎岖。沿路随处都能看到男孩们不畏海浪、乘风冲浪的身影。在距离圣西米恩

1英里^①的地方，我在彼得拉斯布兰卡斯海滩的峭壁上看到了它们。第一眼望去，它们很像是散落在沙滩上的灰色巨石，一动不动，仿佛没有生命的大块花岗岩。我举起脖子上挂着的那副望远镜（这是南斯的），更加仔细地观察，才发现那是一群象海豹头顶烈日躺在阿罗约柳树下。那些真正的野兽扇动着鳍状肢，抓挠着肚皮，往背上甩沙子时手指和指甲清晰可见。它们个个体形庞大，尤其是雄性，体长堪比我们租来的SUV汽车。我注视着雄性首领伤痕累累、毛色斑驳的盾状胸，既满心敬畏，又备感嫌恶。

"看，快看啊!"我朝着南斯、戴尔和扎克放声高呼，想和他们分享这些史前模样的动物构成的非凡景象，"我还以为那是一堆石头呢。"

后来我们坐回温暖的车里，亲密地挤作一团。车子开动起来时，我才意识到刚刚目睹的景象有多壮观。象海豹的身体庞大得令人难以置信。我当时就知道，这群野兽拥有一种神奇的魔力，何况它们出现的地方距离一号高速公路竟然只有几英尺^②的距离。

---

① 1英里≈1.6千米。

② 1英尺≈0.30米。

和加州的灌丛鸦、海峡岛狐、秃鹰等动物一样，这些身形巨大的动物也因猎杀而濒临灭绝。它们的种群规模已经降至一个瓶颈，如今能够幸存下来，进入保护动物名单，维持足以离开濒危物种名单的健康数量，本身就是一个奇迹。

我躺在好莱坞家中的床上，感觉好冷。我翻身钻进被子里，回忆起这一天的经历，不禁流泪；我迷恋南斯，迷恋土地，迷恋这些动物。在此之前，我曾天真地以为，我们已经熬过了最糟糕的时期。2004年，我的母亲在痛苦中离世。同年，祸不单行，我又失去了贝蒂阿姨。自此之后，我们用了整整5年、投入了大量资金才获批绿卡。如今加州已经成为我们的家园。我们属于这里，而且有白纸黑字可以证明。不过，尽管拿到了美国身份，我们却似乎依旧格格不入。

近来，若是遇到这样晴朗的夜晚，扎克都会跟随戴尔前往洛杉矶西区的帕西菲克帕利塞兹。兄弟二人抱上小型滑水板，穿着潜水服，带着年轻人的满满活力，下海乘风破浪。他们会在脖子上套上霓虹绿的荧光棒，方便在黄昏后互相照应。

扎克有好几位交往了 7 年的忠实好友。他计划和他们一起划皮艇环游海峡群岛，骑摩托车穿越沙漠。这些人中有的拥有房车，有的正在建造一架轻型飞机，还可以使用父亲的小帆船。这些计划听上去都令人印象深刻，是那种源于特权与活力、千载难逢的旅程。我不知道从这一刻起会发生什么，扎克还能否加入他们，完成他一直期待的事情。

扎克是个人见人爱、足智多谋的孩子。离家搬去加州大学洛杉矶分校的校园之前，他还经常为山顶的邻居们朗读他正在创作的小说，博大家一笑。这个健谈的早熟少年既爱陪狗玩耍，也愿意为了考取一流大学埋头苦读。因而不仅仅是南斯和我认可扎克的学术才华。他高中时就参加了各种俱乐部和进阶先修课程，辩论社和戏剧研究社也活跃着他的身影。哥哥戴尔也有自己的长处。他颇具都市人的精明，天性风趣幽默，是个天赋异禀的创作型歌手、吉他手。听说扎克也下决心自学吉他时，我还有点儿难为情。"真希望他能给戴尔留条活路。"我告诉南斯。

我看着手表。这块手表是南斯买给我的，大表盘、宽大的棕色表带。扎克待在精神病房的 72 小时期间（这种情况在加州被称为"5150 留观"），我要记下每一分每一秒的流逝。

我精神饱满，呼吸顺畅，却不知道该如何自处。时间向前延伸，化为一片空虚。除了母亲去世和两个儿子出生的那段时间，我很少会有这样的经历。我给医院拨了个电话。对方说扎克睡得十分安稳，但我并不相信。他的手机被收走了，我没有办法直接与他联系核实。我疑神疑鬼，谁也无法信任，对他被留观的一切原因都持怀疑态度。

"睡得安稳"这种说法适用于术后处于剧痛中的病人。我也想安稳地睡上一觉，被人打晕、注射镇静剂都行。可即便我有办法入睡，却还是深知必须保持警惕、做好一切准备，以防扎克需要我，或是出现任何不良反应。我是个成年人，必须保持冷静，控制局势。

我在脖子上擦了点老虎油，被熏得眼睛流泪。

我想象扎克躺在金属框架的单人床上，再度好奇他们有没有给他用药，他感觉如何。

真希望我能变成尤里·盖勒,这样就能通过意志令手表的指针加速。小时候,我拥有的第一块手表是一只红色的天美时。妈妈听说它的走时开始变慢,便怂恿我把它从珠宝盒里拿出来。我盘着腿坐在电视机前,把它举到自称通灵者的尤里面前,仿佛那是一份恩赐。尤里修好了它。他还能让金属弯曲,称这种能力为"心灵致动"。在催眠的状态下,他宣称这份力量是外星人赋予他的。

和那块旧的天美时手表一样,我今天佩戴的是一块石英手表,但更重,表带下方的小山羊皮材质经常让我的手腕出汗。我又仔细看了看,但指针并没有加速移动,甚至有可能放慢了速度。我觉得自己已经不再相信尤里·盖勒了,但又不知道现在该相信什么。

南斯从机场打来电话。她把这周剩余的时间请了假,正在回家的路上。

"真的非常感谢。"我告诉她。

"应该的。"她回答,"这是应该的。"

我走进浴室,放了一缸洗澡水。热水多,冷水少,就像妈妈过去喜欢的那样。我好想她。我好想扎克。一个人的缺席与另一个人的缺席缠绕在一起，将失落与悲哀编织成一条我无法解开的辫子。我慢慢坐进陈旧的陶瓷浴缸，皮肤被烫得发红。自由漂浮令人感到安慰。我近来体重有所增加，还是能够浮在水中，心情轻松了不少。我回想着彼得拉斯布兰卡斯的象海豹聚居地，那个在我心里有着特殊地位的地方。

在氤氲的蒸汽中闭上双眼，耳边仿佛响起了海浪与风的声音，隐约看到了象海豹在海滩上奋力爬行的身影。这些海洋哺乳动物时而漂浮在水面，时而又潜入水中，偶尔还会游至深海。根据仪器的追踪，它们可以缓慢下降到 5000 英尺深的水下。那里的海水比黑夜还要漆黑，而且冰冷刺骨。它们已经适应了环境，能够屏息长达两个小时，还能将血液从四肢分流到重要器官，进入一种堪比睡眠呼吸中止的休息状态，但终究是要浮出水面。因为面临捕食者的威胁，它们还是得游到浅滩处探出头来，补充氧气，稍加喘息。

扎克在精神科的病房里接受完 72 小时的评估，即将出院。南斯也回来了，开车带我去接他。他们剪下他的手环，递给他一只装着药品和出院证明的透明塑料袋。返程的途中，我回过头，想看看他到底哪里分裂了。在我的眼中，他明明就很完整，身上还散发着熟悉的真挚。我想这有可能就是个一次性事件，是暂时的。我的视线无法从扎克的身上移开，也无法向自己保证他一定能够挺过难关，保证我们再也不用向任何人提起这段经历。

我打开车窗，任由温暖湿润的微风轻抚脸颊，一场暴风雨即将降临。

回到家，我逃进卧室坐下，颤抖着拆开了装着出院通知单的信封。医院对扎克的症状进行了检查和分类，仿佛他是某种罕见而脆弱的蝴蝶。他被诊断为"非特异性精神障碍"（这个名称仿佛带着"可恶，我真的不知道"的模糊标签）。虽然证据不足，但一切表明，我的儿子的确是"精神病发作"。这个术语形容的应该是某人失去了心智。

南斯试图和我交谈时，我几乎语不成句，整个人身心俱疲，"精神病"一词如鲠在喉。扎克也累坏了，不想谈论他经历了什么，只说他再也不想回去住院了。他不明白的是，我作为他的亲生母亲，怎么能允许这种事情发生。我让他别担心，我绝不会让这种事情重演。"除非我死了。"我说。

"你能向外婆的骨灰发誓吗?"他问，因为我们已经不能用她的生命起誓了。

"我向外婆的骨灰发誓。"

"你没有交叉手指吧?"

"没有，绝对没有。"我伸出双手给他看，还伸直了手指。

交叉手指会让承诺作废。我不确定是为什么，但就是如此。

晚饭期间，他抽了几次鼻子，吃完饭后眼皮愈发沉重，躺在沙发上就睡着了。我坐在他的身旁，为他能回家感到宽慰，可他却显得异常麻木。我就如同这座房子里过时老化的双头插座，不仅不接地，还暴露在外，十分危险。我把双脚牢牢地贴在硬木地板上。我需要脚踏实地，全身心地投入。

上床睡觉之前，南斯对扎克说她爱他。她的眼里噙着泪水。南斯是我认识的人中最坚忍的一个。她用毯子帮他裹好双脚。他微微动了动。她关切地看我，像在说我也应该尽量睡上一觉。但我还有事情要做。

我打开笔记本电脑，开始查询有关精神病的内容。好几个网站都将这种疾病描述为与现实脱节，包括产生幻视、幻听或错觉。据这些资料所说，每100个人中就有一个人一生中会经历一次精神病发作。

当读到精神病可能是由药物滥用引起，甚至在第一次发作之前，病人的思维和行为方式就已经发生改变，我打了个冷战，牙齿也开始颤抖。这段时间被称为潜伏期，可能会持续数日、数周、数月甚至数年。

我错过了什么？我满心疑问。我知道扎克高三那年有早起困难的问题，也知道他偶尔喜怒无常。南斯说这不是什么罕见的事情。美国人甚至给这种情况起了一个名字：高年级倦怠症。但还有一件事：过量吸食大麻。这种东西是我们在他的车里找到的，用小塑料袋装着，就塞在双肩背包的小口袋中。那股味道比我抽过的任何东西都更浓烈，标签上写着"紫色库什草、大麻、印度大麻"。

最后，我还找到了四氢大麻酚含量超过10%的大麻会给精神病患者带来哪些影响。读到这些话，我痛心疾首。扎克的阿姨也是个挑剔的人，她在与我通电话时就不止一次地问过我："你为什么不阻止他抽大麻？"

但每一种理论都会存在与之相悖的观点。有些专家坚持认为，大麻不会导致极端状态，反而可以用来麻醉极端状态引发的疼痛。我又读了更多的解释。睡眠不足、脑瘤或囊肿、染色体疾病、某些类型的癫痫和遗传都有可能导致精神疾病。

按照医学界的描述，有些精神病是短暂的，是在承受极端压力或遭遇创伤时产生的短暂精神障碍。根据压力来源的不同，这类病人通常在几天或几周之内就能从变异状态中恢复。

我们就这样一起窝在沙发里。我凝视着儿子。他轮廓分明的颧骨，长长的睫毛和黝黑的肤色，是如此英俊。我祈祷他很快就能恢复正常，祈祷这一切可以转瞬即逝。我斜倚在他的身上，拨开挡在他脸上的头发。光凭几个问题和短短三天的行为观察，怎么就能诊断一个人呢？我告诉自己，这都是胡说八道，一派胡言。可当我读到潜在的并发症和预后时，胸口里却如同有被困的蜂鸟在颤动，我无法停止阅读。当我了解到精神病患者如果不接受治疗，有可能很难照顾好自己时，过去一小时的震惊与麻木逐渐化作了恐惧。

弓着身子坐在电脑前，我感觉脖子僵硬、肩膀酸痛，于是躺到了南斯身旁，却无法入睡。峡谷中传来了蟋蟀的叫声。那个声音通常是舒缓的，今晚却震耳欲聋。

我并不是家里唯一一个辗转反侧的人。扎克也醒了。地下室的厨房里传来了冰箱门的推拉声。我想象他像只果蝠一样在黑暗中进食，虽然他已经吃过了晚饭。我想走下楼梯，轻推他的胳膊，叫他吸血鬼。我想试着像从前那样，想些愚蠢的外号来逗他发笑。我感觉身体好重。尽管证据薄弱，但我还是无法接受扎克的诊断。随着夜晚逐渐转凉，蟋蟀停止了摩擦翅膀。一切归于平静。

漫漫长夜接下来的时间里，我时睡时醒，等到外面天光乍亮，才意识到南斯已经起床，正在楼上沏茶。我赖在床上反复阅读出院说明，质疑里面的内容怎么如此乏善可陈。除了服药方法说明和一个星期之后的好莱坞心理健康诊所复查预约，几乎没有任何清晰的指导方针。

我想象着即将开始的这一天和未来的几个星期，感觉胃里像有液态钢在下沉，就像身体已经做好了迎接冲击的准备。

第三章
令人生畏

　　我试着拿他的处方去药房购买安律凡（它名义上是种抗精神病药物，实际上却是镇静剂），却从药剂师那里得知要花 1200 美元，因为我们的医疗保险并不包含这种药品。扎克对此满不在乎，我却震惊不已。我给医院打了个电话。医务人员告诉我，扎克已经年满 18 岁，除非他书面同意，否则他们不能与我讨论他的病情。站在来爱德药房的正中央，我好想哭。药剂师深表同情，建议我们去找某个无须预约的免费诊所，报名参加一项能够提供免费抗精神病药物的计划。

　　这家免费诊所位于好莱坞大道。候诊室里没有窗户，可以为无家可归的人提供淋浴和小块的肥皂。屋里散发着一股霉味。我们等了一个、两个、三个小时。

　　"我不等了。"扎克起身离开，药也不要了。

回到家，一种彻底无助的感觉袭上我的心头。身处熟悉的环境之中，我忍不住想哭。南斯关上我们的卧室房门，让我趴在枕头上哭泣，以免被扎克听到。我的脑袋好沉，眼睛后面感觉阵阵高压。我咽下两片强力泰诺，开始给保险公司、大学校园健康中心和药房挨个打电话。

他们的话仿佛一门外语，提到了自付费用、免赔额、既往健康状况等术语，还提到了非品牌与名牌抗精神病药物之间的区别。我在厕所的镜子里看到了自己充血的双眼和焦急的神情。终于，我和电话另一头的人达成一致，只要我带上扎克的证件，就能去药房取药，但要支付 5 美元的自付费用。我仍旧搞不懂最初的误算是怎么回事，但还是表示了感谢，仿佛是发自内心的感恩，毕竟成本下降了 1195 美元。

我往脸上泼了些冷水，准备再次踏出家门。

经过扎克的房间，他的房门紧锁着，里面传出了震耳欲聋的音乐。这个瞬间看上去如此平凡——十几岁的儿子躲在一扇紧锁的房门背后，把音乐的音量调到最大。刹那间，我不知道自己的做法是否正确。这个念头稍纵即逝。我赶紧抓起手提包，离开了房子。

药剂师解释称，按照惯例，抗精神病药物的起始用量很低，可以根据说明缓慢增加，以避免副作用。所以，当我第二天醒来时发现扎克坐在沙发边，用双手按住膝盖却还是无法阻止它们上下抖动时，我吃了一惊。他的眼睛也在抽搐，就连舌头都会偶尔抽动，和他小时候养过的那只松狮蜥一样。他在房子里没来由地走来走去，因为他无法让身心都安静下来。

上午 10 点钟左右，他饿坏了，用花生酱、奶酪和莎莎酱涂抹面包，做了一块馅料奇怪的三明治。他在冰箱和台面间来回走动的次数似乎超出了必需，在盘边堆砌薯片时双手不住地颤抖。他重重跌坐在沙发上，双腿断续地猛烈抖动。

"我感觉身体里有什么东西，一直想要出来。"他咂摸着嘴巴说。他的忧伤令我的胃里阵阵翻腾。

我把脚平放在地板上，振作精神，尽量压抑他抖腿带来的影响。

我给医院打了个电话。这次接听的是一名护士。她让我给已经预约好的心理健康诊所打电话，因为扎克已经出院，精神病科不再负责他的护理。我终于联系上了诊所的协调员，却无法和精神科医生说上话。我已经拿

到了扎克的许可，但那也没有用，因为精神科医生正在
给一名患者看诊。从扎克的坐立难安到眼下的高速运
转——这种无法停歇的日子令人头晕目眩。

接诊协调员与精神科医生谈过后给我回了个电话。
这种现象有个名字：静坐不能，即躁动综合征。

"静坐——什么？你能帮我拼出来吗？"我问。

电话里充满了静电的声响。尽管我已竭力将听筒贴
在耳朵上，却还是很难听懂他模糊不清的声音，就好像
他是《神秘博士》中的戴立克。我试了三次才听懂他的
话，目光紧盯着日记本上的单词"静坐不能"，手中的
笔用力戳着"坐"字，把纸都戳破了。

"我们到底能做些什么？"我问道，"他不能就这样
生活下去啊，像得了舞蹈病似的。"

"苯扎托品可以抵消这种作用。医生会把处方传真
给当地的药房。"

"所以从根本上来说，为了抵消第一种处方药的副
作用，他需要服用第二种处方药？"

"这可能会有所帮助。"

"谢谢。"我说。

我本想说的是"去你的吧"，而不是"谢谢"。我对

扎克确诊没有任何的感激之情，对可能导致削弱性副作用的药物、对他即将背负难以想象的耻辱标签更是没有丝毫值得感谢的。

　　扎克的目光扫视着空空如也的餐盘。"我还是好饿，"他说，"但又觉得恶心。"他钻回厨房。我听到他在食品柜里翻找，仿佛想再用一块三明治闷死肚子里的那个东西。泪水再度涌上了我的眼眶。我不知道该如何向他解释才不会加重他的痛苦。

　　两天内第三次到达药房时，扎克确信有人在跟踪我们。更糟糕的是，他认为对方打算伤害我们。他偷偷地在"感冒与流感"的走道里来回地寻找那些人。我无精打采地跟在他的身后，和他一起走到柜台前，假装镇定地开口要了处方药。

　　"我们在这里坐一下吧。"我伸手指了指血压仪和体重秤两侧的那排塑料座椅。等待处方药的过程中，一种强烈的疲惫感席卷了我的全身。

　　回到家，扎克和我一起钻进厨房，看着我称量能够中和安律凡副作用的苯扎托品。我后来了解到，过度开药也被称为"多重用药"。扎克暗暗咒骂了几句。我感觉他的烦躁情绪就像会传染似的，在我的血管里流动。待他的不安终于平息，取而代之的是另一种名为"运动不能"的副作用，即自发性明显下降，仿佛他的大脑已经精疲力竭，累得醒不过来。

似乎这还不够，还有另外一件事情在困扰我的儿子——幻听。即便是服完镇静剂后躺下，闭上双眼试图睡觉，他还是能够听到表兄弟姐妹和加州大学洛杉矶分校那些朋友刻薄、鄙夷的声音。他让我也集中注意力聆听，认为那些声音来自胡同里的房子或是梧桐大道上的大型三层楼建筑。"扎克，我觉得那些房子太远了。"我告诉他，"布雷登为什么会在那里呢？或是你在大学里的朋友？"我拉开窗帘，证明外面没有人。我想要温柔一些，心里却充满了警惕。这是他住院并开始服药后出现的新情况。

"也许你可以用手指捂住耳朵，看看还能否听见什么声音？"我建议。扎克捂住耳朵，摇了摇头，一脸困惑地注视着我。我感觉自己攥紧了拳头，却没有任何人可以任我打骂。这些声音都是从扎克的心里传出来的。他既是敌人，也是受害者。他在伤害自己，令人不忍直视。

当天夜里晚些时候，我加入了一系列网络群组和聊天室，像个偷偷摸摸的跟踪狂，迫不及待地想从其他精神病患者及其家庭成员那里学到些什么。我边读边写，直到第一缕阳光从朱丽叶阳台[1]的铁栏杆间透了进来。失眠令我双眼刺痛，身体无限空虚。

戴尔回家住了几天。扎克有时还是老样子，在木地板上手舞足蹈，用手捂着裤裆模仿迈克尔·杰克逊的太空步。他还会模仿机器人舞步，摇摆着肚皮。看到这样的情景，我们都捧腹大笑。

和戴尔独处时，我才敢向他提些我不敢扪心自问的问题。"你都知道些什么？记得些什么？我是个坏妈妈吗？"

他不太愿意回答，不想伤害我的感情，也看到了我扭曲的表情。很快，我的头巾下就冒出了新长的白发。他们说震惊会让人白头，但我觉得这种说法实属荒诞。戴尔似乎也变了，脸色更加苍白，言语更加谨慎。讽刺

---

[1] 朱丽叶阳台：一个小阳台，突出于建筑物外墙，通常可以通过卧室进入。它以莎士比亚戏剧《罗密欧与朱丽叶》中的朱丽叶而得名，朱丽叶站在阳台上与罗密欧说话。——编者注

的是，戴尔正在接受急救医疗技术员的培训，下班后还要痛苦地面对家里的紧急情况。对此他还没有做好准备。我们谁都没有准备。

扎克出院后的第14天，南斯说："塔塔，来吧，我们出去走走。扎克有戴尔陪着呢。"她为贝尔和苏琪套好牵引绳，想方设法把我拽去了鲁尼恩峡谷公园，占地面积160英亩。驻足在登山小径上，你可以俯瞰脚下的城市。这片荒野保护区是我们昔日常来的庇护所。想当初，全家刚刚踏上加州的土地时，这里曾是南斯带我们参观的第一批景点之一。崎岖的山峦间有一座泳池庄园的废墟，传说曾归埃罗尔·弗林所有。庄园废墟的高处有条长凳，可以俯瞰整座城市令人眼花缭乱的美景。

由于山脊上的泥土被日益侵蚀，长凳高出了地面许多。我还清楚地记得，12岁的扎克粗糙的鞋底曾踩在我摊开的手掌上。他在我的支撑下抬起一条腿，爬上了这条温暖的木头长凳。我和南斯坐在他的两旁，拍下了三人眯起眼朝着太阳咯咯直笑的照片。那时的自拍还不叫自拍。

南斯指向远处的日落大道。大道通往我们的家。这个能让我们腿挨着腿、双脚悬空地坐着观景的地方名叫灵感台。我觉得相当贴切。

鲁尼恩峡谷公园就像摇滚明星和演员家的后花园。K.D. 朗、雪儿·克罗、奎恩·拉提法、艾伦·德詹尼丝——我们经常在不同的地方偶遇这些人。鲁尼恩又被当地人简称为"大峡谷"。它是狗主人的天堂，是我们的乐土。我们会在这里挥洒汗水、谈天说地，深深呼吸。但这都是过去的事情了。那时的洛杉矶闪烁的城市网格和陡峭的山脊还能给人希望。

今天的大峡谷仿佛比以往任何时候都更加美丽，但可悲的是，它的背景是灰粉色的暮光和升起的月亮。早在 1867 年，这里还是一座无人峡谷，是游牧的加布里埃力诺·通瓦部落遭到强制流放前居住的季节性家园。

"我很高兴我们来了。"南斯说。我们一起站在小路的起点。白昼正在一点点流逝，我们的话语也一样。没什么有意义的话可说了。我们只知道儿子失了心智，状态不佳，身体不适，可我不想用"精神病"之类的字眼来谈论他。今天，我想到这一点时格外心神不宁。

南斯没我那么恐惧。她如同一只稳定的锚，全身的肌肉笔直而发达，和我相比更不容易动摇。她跑步速度更快，远足时更加卖力，身上没有多余的负担。以前，当人们问起两个儿子是谁生的，我经常会感到沮丧。"塔塔是他们的生母。"她会告诉他们。很快，在她和善天性的感染下，我也开始点头附和。

可扎克的经历改变了一切。他的诊断结果来势汹汹，足以改变我的想法。我是他的生母，这很重要。我的每一个细胞都记得扎克曾住在我的体内。我在他12岁那年带着他搬去了世界的另一边，我和他父亲分开后独自抚养他整整10年。南斯可以吃饭、工作，无拘无束，晚上照样可以入睡。对此我心怀感激，也充满妒忌，有时还会满腹愤恨。

"你看！"她指着一群排成V字形向西飞去的大雁。领头雁拼命拍动着翅膀与气流对抗，好让其他的大雁能够跟在它的身后滑翔。经过一天的暴晒，空气仍旧是温暖的。眼下正值一天中的黄金时刻，柔和的日落余晖充满魔力。

"真希望扎克能和我们在一起。"我知道他有多喜欢攀登这处山峰。灰绿色的圣莫尼卡山笼罩在洛杉矶的雾霭中，与被我们抛在身后的潮湿伦敦有着天壤之别。

一只大块头的拉布拉多犬蹦跳着跑来，嗅了嗅贝尔。我想象喜欢社交、热爱动物的儿子肯定会伸手抚摸这只巧克力色野兽。扎克小时候经常和狗说话，在它们耳边低语，还声称它们会作出回应，仿佛他就是当代的杜利特医生。这是我见过最可爱的一幕。

他还是会继续听到动物说话的声音，大多数是鸟类。那些声音会轻声细语地赞美他和大学女友的浪漫爱情，然后变得愈发刻薄，开始冷嘲热讽，大声说他应该流浪街头、无家可归。这已经不再是什么讨人喜欢的事情了，而是应该被归为某种症状——幻听。

苏琪金色的毛发在微风中飘舞，暂时分散了我的注意力。贝尔虽然不如同伴那么优雅，却更得扎克珍视。它的毛发并不顺滑，反倒比较坚硬，相比皮毛更像是金属丝，只有胸口长着一片柔软的白毛。扎克小时候经常抚摸着这个地方睡觉。他说那里闻起来很甜，有令他关灯睡上一整夜的魔力。

拉布拉多犬跑远了。扎克与贝尔的画面也消失了。无论是此刻，还是在家里，我都在惦念儿子，害怕得不敢离开他的房间。

"我们是不是该回家了？"我提议，在光线渐暗的峡谷中感觉脆弱无力、不堪一击。

"他有戴尔陪着呢。"南斯提醒我，"何况我们才刚到啊。"

我们头顶上方的公园山脊上，冬青栎和美国梧桐紧紧攀附在露出地表的潮湿岩石上。低矮山坡上覆盖的抗旱薯草和鹰爪豆因为厄尔尼诺现象再度繁盛，熬过了又一个酷热的夏天。我看着南斯皱起的额头，不知我们能否像这些加州土著一样，在这里生存下去。

她沿着狭窄的小径一路前行，我则像一头负重的骡子，跟在她的身后步履维艰。尽管已经迫近黄昏，但峡谷里还是人影幢幢，远远超出了我喜欢的人流密度。我们给鲁尼恩的最高峰起过一个外号"巨峰"。那个曾经能带给我们安慰的地方，如今高耸在头顶，在我们脚下投下了一片阴影。

终于爬到山顶，南斯再次把我揽入怀中。我开始放声大哭，仿佛扎克的一部分已经死去，而我正在哀悼。

"这肯定不是你想要的生活。"我抽泣着对她说。

"我们会共同面对。"她的语气十分坚定，"我们是一家人。"她放开我，催促我穿过窄小的高地，顺着小径向山下走去。她牵起我的一只手，和自己的手一起塞进她的夹克口袋里，紧紧地卡在接缝处。

我们在一起 7 年。南斯搬来与我们同住之前，一直租住在一间小屋里，距离我家山上的大宅只有几户之遥。据说，她那间迷人的小房子是为马克斯兄弟中的一位建造的。我们之所以会相识，是因为她养的方脸硬毛猎狐狸奥斯卡把鼻子伸进了我阿姨家的花园栅栏寻找食物。她微笑时脸上露出的酒窝、凯尔特绿色的双眼和脖颈间飘扬的棕色短发引起了我的注意。如今，她的双眸和带酒窝的双颊依旧如初，但蓄起了长发。奥斯卡也已经不在了。

"如果有什么我能做的，你尽管开口。"多年前的那个夏天，她听说我家的处境和阿姨恶化的病情，主动提出。这是我第一次仔细打量她。虽然只有短短一面之缘，但她身上散发的某种气息吸引我。不过与她相识之后，深深吸引我的是她的慷慨和乐于助人的姿态。

"她是谁？"看着南斯拽着奥斯卡朝山下走去，我开口询问阿姨，"那个牵着调皮小狗的漂亮邻居？"阿姨并不知道，或者已经忘了。但那个姑娘看着我泛红的双颊绽放的笑容一直在眼前萦绕。

有人说，一个人会在最不经意的时候坠入爱河。南斯承认，她从来没想过要孩子，反而更喜欢猫狗。但我看过她为了陪两个儿子冲浪套上潜水服，看过她为他们制作牛肉碎汉堡做晚饭，看过她把他们推进黑色的萨博跑车去玩滑板，或是聆听他们唱着跑调的歌、拨动不着调的吉他琴弦。我知道，她就是那个人。

我已经不可能回到那个被我弃在身后的世界了。我必须寻找一种能让所有人都幸福的方法。这就是母亲的职责。

多年来，我们已经建立了深厚的互信关系，任务完成得不错，我是这么认为的。但那一刻，这还不足以坚定我的想法。某个瞬间，南斯可爱的外表和忠诚对我来说已经不再重要。我希望自己不曾遇到她，宁愿孤身一人、无依无靠地返回情感的地图上那座曾让我无法自拔的"伤心小镇"。在那里，我清楚地知道自己的位置。在那里，我不需要去担心别人，也不需要对别人感恩戴德。

来到鲁尼恩峡谷的出口福摩沙大门，南斯提议可以考虑请一位私人医生，重新评估扎克的痛苦经历，提供一些补充性意见。她愿意动用自己的存款来支付这笔费用。我点了点头，忍住不流泪。她紧紧攥了攥我的手。

"你可以上网查查医疗评论。"她说，仿佛我们要在市场上寻找的是一台新的洗衣机，而不是一名优秀的精神科医生。我紧紧抓住这个念头不放，告诉自己，事情就是这么简单，一分钱一分货。我们只需要找到这方面的专家，告诉我们如何去做、如何生活、如何让扎克好起来，给他一个不那么令人恐惧和厌恶的诊断。我们需要找个人来保证，这种看似脱离共识的情况只是一次性的插曲，不是真正的精神障碍，无论这意味着什么。

南斯捏了捏我的肩膀。我们相视一笑。从我指间钻过的风是柔软的，散发着桉树的香味。我深吸了一口气。我还活在当下。我需要她。我一个人做不到。

回家的途中，我从花岗岩的岩架上俯瞰平原。我喜欢从这里欣赏夜景。月光的照耀下，房屋宛若海洋中的浮游生物。道路纵横交错，如同发光的触角向外延伸。这座城市是遵循地理轴线建造的，没有任何一处属于偶然。这也是我们来到这里重新开始的原因，是许多人在这里定居的原因，是这里被称为"新世界"的原因。天使之城。

回到家，我努力抓住希望不放，但厨房里的荧光灯让我头疼。南斯给自己倒了杯啤酒，看上去比往常更加镇定。我不怪她。要是我喜欢那股味道，也会加入这种晚间仪式，欣然接受酒精带来的释放。

我离开戴尔和南斯，让他们沉浸在各自的世界里，缓缓走去地下室查看扎克的情况。他正裹着被子躺在地板上，如同一根巨大的密封条，卡在通往侧花园的房门边。他的一只手靠在陈旧的钱伯斯炉头边缘。我给这个炉子起了个绰号叫"斯韦兹炉"，因为它的前主人是曾经出演《辣身舞》的明星斯韦兹。20世纪70年代，他和妻子曾在这座房子的地下室里住过。炉子是断开的，亟待翻新。在这种时候想起帕特里克·斯韦兹感觉十分奇怪，但我还是没忍住。阿姨曾告诉我，当时斯韦兹还是个初出茅庐的演员，会在晚上开车去穆赫兰道的一座景观台，凝视着脚下的城市宣称："我要征服你！"

此时此刻，我也低声说出了这句话。我攥紧拳头，准备为了儿子背水一战。

第四章
漂亮男孩

"再问一个问题。"医生说，"是正常分娩吗？孕期健康吗？"

他长着一口洁白匀称的牙齿，让我想起了高露洁广告里的男人。我摩挲着垫在身下的长绒毛坐垫，听着空调的轰鸣。我努力思考。他的身上散发着昂贵古龙水的浓烈香气，呛得我嘴里都能尝出味道。

这似乎是个合理的问题。

我看了看扎克。他坐在我们对面的椅子上，身体前倾，眼睛紧盯着花纹地毯。他问这是不是和我们伦敦家里铺过的那块一样，是不是从那里带的。我跟不上他的思路，只能强颜欢笑着回答："不是的，小扎，我觉得这不可能。"南斯一脸疑惑地看着我，提醒我，医生正在等待一个答案。

"我觉得挺正常的。"我没有提起我的继父在扎克出生前几周去世的事情。

我也没有提起那只名叫阿尔伯特的猫。它是我怀上扎克后几个月养的。我知道孕妇对弓形虫病的抗体反应会使胎儿患精神病的风险增加一到两倍。未煮熟的肉、没洗的手或处理猫砂的过程都很容易感染弓形虫。难道我在清理阿尔伯特的托盘时碰到了那些灰色的粪团,没好好洗手?还是因为我烹饪大家都爱吃的咖喱时切过鸡胸肉条?难道我的孩子未出生时在子宫里就被感染了?更多不理智的想法在我的心里酝酿,如同酒桶里的啤酒。在城市里出生的孩子患精神病的比例更高。冬天出生的宝宝也更容易成为精神病患者。扎克是 11 月份在伦敦出生的。

"是的,没错。我觉得很正常。"我重申,因为这些联系如今看来十分荒谬。

这位医生不会是最后一个提出这种隐私问题的人。理疗师也会提起这类话题。它有时还会出现在精神健康诊所入院文件的复选问卷中。随着时间的推移,针对产前和分娩前后的抑郁症及其对婴儿发育的影响,相关研究会越来越多。

　　我们今天身处的这间套房位于洛杉矶西部的威尔希尔大道，高踞在12层楼。我眺望着圣莫尼卡山脉和帕西菲克帕利塞兹。考虑到我们的苦难，眼前这幅明信片般的美景在我看来十分离奇。扎克出院已经五六周了，情况还是没有好转。这场私人精神科会诊每小时的花费是400美元。我希望医生的补充性意见能给我们一些答案。为了了解正在发生的事情及其原因，寻找不仅能让扎克镇静、还可以增强食欲的药物，这是一次绝望的尝试。我希望能为扎克寻找一个新的标签，一个更容易被社会接受、不那么容易遭人污蔑的标签——比如"一般性焦虑症"。

　　我们能坐到这里实属不易。扎克整个早晨都沉浸在自己的内心世界中——自从出院以来，他的许多个早晨都是这样度过的。他的脑子好像承载了太多事情，身体动弹不得，一直在客厅和花园之间的灰泥拱门下发呆，对着门廊墙上的大镜子久久注视着自己，眉头紧锁，一脸困惑。

　　也许我可以摸摸他的手臂，或是在老式唱机里放张黑胶唱片，将他从短暂的呆滞中唤醒，就像他小时候，我为他主持派对上的音乐定格游戏时那样。但我不能切换档位。我也快要疯了。处在这种精神状态下，我只能一动不动地坐在椅子上，用桌上的笔记本记录他的举动与情绪，记录他用了多长时间吃饭或睡觉。不过，如果我们不是唯一存在这种问题的人，会怎么样？如果在某种程度上，我们都是精神紊乱的疯子呢？考虑到身边的世间万象，我们怎么可能不疯呢？

过不了多久我就会发现，每年都有新的精神病类别被创造出来，写入精神病障碍诊断与统计手册（简称DSM，这本手册堪称精神病科医生的诊断圣经）。这些分类为精神病学和制药行业创造了大量财富，因为它们让人类认可了这样一个事实：大脑疾病是需要用药物来治疗的。

威尔希尔大道的这间奢华办公室里，私人医生的评估结果给扎克贴上了另一个诊断标签。不过它和最初的那个一样严重，甚至有过之而无不及：分裂情感性障碍。根据精神科医生的描述，这是一种复杂的疾病，既包括精神分裂会出现的变异状态，也涵盖双相情感障碍中会出现的情绪剧变。这个结果令我望而却步，不仅因为我要了解的东西多了一倍，还因为包括我、扎克以及我认识的几乎所有人在内，谁都会对"精神分裂"一词感到恐惧。它来自希腊语，是"分裂"与"精神"两个词的合成。

除了贿赂医生改写一个更容易接受的诊断，我想不到除了"你确定吗"之外的任何回答。不管怎样，这很快就会成为一个毫无意义的问题，因为另一位精神医生会将扎克归类为"偏执型精神分裂症"，再下一位认为他患有含精神病特征的抑郁症。这些分类就像他的情绪，千变万化，或者说明了精神病学领域的多变。这些诊断都有一个共同点，那就是没有科学的医学测试可以证明一切，也似乎没人能够确切地知道到底发生了什么。它是一种猜测，一种试错，与其说是科学，更像是转瓶子的游戏。

精神健康运动的领导者威尔·霍尔曾经说过："当医生诊断我患有精神分裂症时，他们并不是在揭示我的内心，而是在施咒，是在把某种东西强加给我。我的任务就是打破这个魔咒。"

"是正常分娩吗？"

离开诊所后，医生的问题一直在我的心头挥之不去。

如果忍受极端痛苦的人碰巧是戴尔，事情可能还说得过去。他的出生一点儿也不正常。我仰卧在产床上，浑身麻木。产科医生只好将吸气罩粘在他的头上，将他从我后屈的子宫里吸出来。大儿子的脊椎骨靠着我的脊椎骨，周围已经没有多余的液体可以为他的降生之路润滑。因此在分娩结束后，我俩身上都带着撕裂和瘀青的伤痕。在各种药物、干预措施和令人无法抵抗的权威面前，我精心撰写的生产计划笔记化作了泡影。不过，尽管出生过程充满艰辛，还因为阿普伽新生儿评分太低住进了婴儿特护病房，他却并没有出现精神方面的问题，也没有被贴上精神病的标签。

扎克出生时的情况截然不同。我大权在握。在伦敦东区的惠普斯十字医院产房里，我没有用药，摇摇晃晃地在屋里走来走去。病房里没有窗户，只有荧光灯带照明。白色的墙壁上挂着一口大钟，到处都泛着手术用的钢制品和器械的微光。这一次的干预措施比第一次要少。除了助产士，周围似乎没有其他的工作人员。如果有的话，我也太过于专注内心，没有注意到他们的存在。

一个又一个小时，当我恍惚地扭动腰胯走来走去时，扎克的父亲戈登和助产士一直紧跟在我身后。他们肯定担心孩子会在我不停地旋转和本能的嘟哝声中呱呱坠地，所以拦住了我的去路。助产士一只手按住我的肩膀，稳住我的步伐，另一只手在我的大腿间盲目地探查宫颈。

"她已经准备好了。"助产士告诉戈登，仿佛我是刚从烤箱里拿出的一块上等五花肉。她用一只有力的手臂搂住我的腰，哄我走向病床。"孩子已经露头顶了。在床上分娩对孩子比较安全。"她轻轻拍了拍床铺。我爬上硬挺的白色床单，身下垫着沙沙作响的大片纸毛巾。她又拍了拍我的屁股。

我跪在了床上，虽然这个姿势让助产士很难完成她的工作。听到我放声尖叫，她拍了拍我的腿，让我别叫了。

"你这样吵闹会吓到别的女人的。"

戈登扶着我的臀部，以免我从病床上掉下来。

二胎的分娩过程更加艰辛，但还是要忍受如同被烈火灼烧的切肤之痛。感觉到婴儿从我的体内滑落，我笑了。我有了一个女孩。

"亲爱的，是个男孩。我们又多了一个儿子。"戈登的声音打破了我的狂喜。我呻吟着最后一次用力，将胎盘推出子宫，感觉一阵失望席卷了我疲惫的身躯。

"他很可爱。"助产士说。

我还记得灯光下戈登苍白的脸。他把襁褓中的婴儿抱到胸前，眯起疲倦的双眼。"他长得好像你啊，亲爱的。你看，他的鼻子好大。"没错，他还长着浓密的头发，发量对一个新生儿来说未免太多。在我的身体里住了9个月，他长得像个小老头似的。

"我已经有一个儿子了。这一次应该是个女儿的。"

助产士放下手中的工作，皱起了眉头。

"听我说。"她操着一口浓重的爱尔兰口音，"有的母亲会失去自己的孩子，或者孩子生来就体弱多病。你生了一个可爱又健康的儿子，别不知感恩。"

她从戈登手里接过孩子，解开襁褓，将他放在我的肚子上。他动了动脑袋，想找东西吃，然后陷入了我的身体，仿佛我就是妈妈家客厅里那只巨大的豆袋，里面的东西会随着岁月的流逝溢出来，散落在各处。

经历了8个小时的分娩，他浑身上下又湿又滑，但看上去生机勃勃。我小心翼翼地轻抚他湿漉漉的黑发。

他发出的声音与其说是哭喊，不如说是满足的表达。我的心逐渐动容了。他在我怀里是那般柔软。

我曾想象过这样一幅画面。回到我与戈登居住的清福德，我要向邻居们骄傲地宣布：是个女孩！我现在儿女双全了，没错。我的人生圆满了。可怀抱着小儿子，这个画面发生了改变。我要为它加上一个新的涂层。我有两个儿子了。一对兄弟。如果生的是女儿，我准备为她取名安娜斯塔西娅或阿蒂米西娅，简称安娜或阿蒂。但我现在需要一个男孩的名字。

"你觉得耶利米或杰迪戴亚怎么样？"妹妹佐伊来探望我们时，我问道。她皱起了鼻子，仿佛病房里有什么难闻的味道。

"西底家呢，或者西巴第亚？"提到这个话题，我越说越起劲，专注地盯着妹妹寻求精神上的支持，"我想取个带'Z'的名字，就像你的名字那样。与众不同。"她和戈登都看着我。佐伊不可置信地把头歪向一侧，盯着婴儿的后脑勺和他浓密的头发，像是很希望其中的一个名字能够适合他。

"扎克赖亚斯怎么样？"我问。

"可以！"佐伊像是中了彩票，大喊一声，"简称扎克里。"她握了握我的手,达成了一项我不能反悔的交易。

戈登从待产包中拿出婴儿命名手册,翻到最后一页。

"扎克赖亚斯,源自扎克里亚。希伯来语。耶和华的眷念。"

"她在劝诫我们,要虔诚。"佐伊说。

"我没有。我就是灵光乍现。"

认识戈登那年,我只有19岁。他长着铁青色的双眼,稀薄的金发,口音很像《加冕街》里的杰克·达科沃斯。我刚从高中毕业,只拿到了两门学科的普通中等教育证书。尽管我和男孩们一起学过木工活和铁匠活,他们也会和我一起上烹饪课与缝纫课,但人们显然还是强调要让女孩来生孩子、做蛋糕,把榫卯和榫缝的工作留给小伙子们。

起初,还没有怀孕生子之前,我在戈登的介绍下才知道什么是宝汀顿啤酒和豌豆粥,还吃惊地发现卡尔·马克思是个经济学家,而不是马克斯兄弟。

我会寻找他身上的优点。光是他音节众多的名

字——戈登·托马斯·查德威克——听起来就像个重要
人物。他告诉我，这个姓氏表明他拥有盎格鲁-撒克逊
和挪威人的血统。受此启发，他会利用周末时间绘制一
些维京船长和战士的场景。我喜欢陪在他的身边，看他
蹲在画布前，手拿画笔，嘴叼香烟，头顶上飘着一圈烟
雾。刚开始的那段日子里，我会强迫自己去爱戈登和他
的一切，外出散步时小跑着跟上他的步伐，即便听不懂
他的笑话也要放声大笑。他租住在一间起居兼卧室的公
寓里，房租由地方议会支付，属于社会工作培训方案的
一部分。我在这个开间里陪伴他的时间越来越长。我的
妈妈肯定会高兴的。这毫无疑问。

当身边大多数朋友都已经有了孩子，我知道下一个
就轮到我了。没过多久，我忘了吃避孕药，怀上了身
孕。也许我是故意的，下意识地要做一个听话的女儿。
那是1987年的事情。那一年，我21岁。

社区的助产士来为扎克称体重，顺便看看我恢复得
如何。她肯定意识到我的举止有些不对劲。两年前，我
生完戴尔后出现了产后激素失调的问题，总是失眠和
哭闹。

"护士，我这次好多了。"我告诉助产士，"为了两个孩子，我会保持冷静的。"

"那就好。"她回答，"但产后抑郁是正常的。和以前一样，你可能需要一点儿帮助。"她给我开了一张处方，然后从背包里掏出一包油乎乎的白色块状物——黄体酮栓剂。

"谢谢。"我相信她的本能。她是专业人士，经常接触我这样的女人。

我给扎克套上婴儿背带，走到窗前，望着助产士骑上自行车离开这座塔楼，朝着斜坡下蹬去。她还要赶去检查另一位初为人母的产妇。扎克一动不动，一只耳朵贴在我的心口。戴尔刚出生时，我也曾站在这里抱着同样无助的他。但今时不同往日。吉卜赛人住过的水库旁边如今除了荒地一无所有。围成一圈、门外拴着狗的大篷车已经消失得无影无踪。

戈登察觉到我的不安，某天晚上趁我在沙发上给扎克喂奶，悄悄凑到我身旁。

"你愿意嫁给我吗？"他一边搓揉着扎克的后背，一边转着圈抚摸他身上的连裤童装柔软的拉绒棉。他的口吻听起来十分平淡，没有丝毫的浮夸或仪式。

"再看看吧。"我回答，努力盖过电视的背景音。在我成长的过程中，"再看看"一直是"不"的委婉说法，是怯懦地不愿做出承诺、拖延时间的一种方式。

回到洛杉矶的家中，扎克移动的步伐缓慢而笨拙。我想起他第一次学会走路时在公寓里蹒跚的样子。还有几年后我赶着去上班时的情景：我们一起走在学校的操场上，扎克挂在我的胯上，重重地将我的身体向一边拉扯。我记得他当时咯咯直笑，嘴里尖叫着"妈妈"，就像那种一颠倒过来就会吱哇乱叫的小洋娃娃。

回想起那些日子，我的胸口阵阵刺痛，而我也不太清楚为什么。我还记得那些冬日的早晨，他穿着木扣的灰色粗呢大衣。我的帕丁顿小熊，头发梳得锃亮，留着参差不齐的短刘海儿。难道我已经开始浪漫化过去了吗？

扎克睡着后许久，我还在阅读。南斯已经习惯戴着眼罩遮挡电脑发出的光亮。我在谷歌上搜索答案，但几乎所有网站都显示，扎克刚被确诊的分裂情感性障碍是

055

一种"危及生命的慢性缺陷"。我像是掉进了兔子洞，从分裂情感性障碍到精神分裂症，再到偏执型精神分裂症。

至于是什么导致扎克脱离了公认的现实，相关理论十分复杂，似乎无穷无尽。我需要一条条重新阅读，仔细审查每个因素，就像一名正在权衡犯罪案件的陪审团成员。但眼下我要做的是把它们一一记录下来，担心若是错过了什么与他的经历有关的决定性因素，答案将永远与我擦肩而过。

一阵小跑的脚步声传来。有人打开了我们的卧室房门，是扎克。他整个人笼罩在阴影之中。他可能一直在哭，我无法确定。南斯床边的闹钟显示，现在是凌晨3点。她睡觉很轻，我不想打扰她，于是竖起一根手指压在嘴唇上，拍了拍身边的床垫。扎克坐到我的身旁，身上还穿着昨天的短裤和柔软的法兰绒衬衫。

"你害怕大家伙吗?"他问。"大家伙"指的是加州人预言中终会发生的大地震，虽然谁也不知道它什么时候会发生。

"不，我不害怕。"我告诉他，"这座房子建在基岩上，躲过了1994年的北岭大地震呢。"

对地震的恐惧——这是个新鲜事。他以前从未关心过我们就住在圣安德烈亚斯断层附近。无论如何，我觉得他的担忧是多余的，因为我发自内心地认为，我们已经遭受了打击，家庭格局出现了巨大裂缝。我不知道该如何弥补这条缺漏。

他暂时离开了，然后又抱着被子跑了回来。他把被子铺在我们的卧室地板上，钻进去闭上了眼睛。月光透过窗子照进来，如同一盏聚光灯，照亮了他的脸庞。他已经是个成年人了，但我还是很想用襁褓把他包裹起来。

一阵倦意袭来，我沉沉睡了四个小时。阳光代替月光，透过薄纱照进屋内，唤醒我迎接新的一天。我爬下床，蹲在仍睡在卧室地板上的扎克身旁。我记得他小时候喜欢让我用手指梳理他的卷发，抓挠他的头皮。两个儿子睡觉时，我经常这样注视他们，想着只要我给他们的爱足够多，就能阻止任何不好的事情发生在他们身上。

可如今，这可能就是问题所在：我太爱扎克了。20世纪 40 年代，精神病学家弗里达·弗洛姆 - 赖克曼提出过一种理论，指出确诊精神分裂症的孩子患病的诱因正是我这样的母亲，或者在某种程度上，我们才是罪魁祸首。弗洛姆 - 赖克曼从临床的角度将我们这种母亲定义为强势、过度保护，但从根本上说是不够关心。我意识到，我内心深处迫切地希望这个陈旧的观念仍然是正确的。如果是我的所作所为导致儿子大脑短路、多巴胺泛滥、失去了认知功能和短期记忆，那么我的改变肯定就足以将他治愈。

我凝视着扎克宽阔的额头。他的前额叶神经元真的失灵了吗？还是说，这只不过是另一种假设？我把被子拉到他的下巴上，轻轻抚摸他的额头，感觉那里温温的，仿佛有什么思绪正在他的脑海里酝酿。"会好起来的，宝贝。"我轻声说。

宝贝——一个身高 5 英尺 9 英寸（约 175 厘米）、体重 160 磅（约 72 千克）的宝贝。

第五章
迁居

扎克 9 岁那年还住在伦敦，晚上放学后喜欢用任天堂 64 游戏机玩《塞尔达传说：时之笛》。他会把舌尖伸进上门牙之间的缝隙，帮助集中注意力。除了齿间有条缝隙，他还有散光和严重的远视问题。他戴着国民医疗服务体系报销的圆形塑料框眼镜，厚厚的镜片看起来很像是我的专属哈利·波特。

我从未料到两个儿子会如此不同，就好像我和戈登各生了一个孩子：戴尔一头金发，天蓝色的眼睛，身材高大结实，精力充沛，就像戈登；扎克性格平和，善于观察，栗色的头发配上龙舌兰色的眼睛，身材相对矮小圆润，就像我。

尽管两个儿子差异巨大，满足起来十分困难，但不知怎么，我的内心深处始终有个念头：终有一天，我会变成单身母亲，独自面对生活。也许这遵循了过去的模式，是历史在重演。我的母亲，母亲的母亲，都离开了身边的那个男人。或者说，在清福德，独自抚养子女的女性比拥有伴侣或丈夫的女性更多。

和周围的人相比，我有两点与众不同。一是我蔑视一切人和事，超越自己的出身，克服重重困难考上了大学。二是我没有去寻找另外一个男人。

戴尔醒了，跑过来寻找我们。他伸出稚嫩的双臂搂住爸爸的腿。我们就这样，四个人两两相对，如同擂台上的对手。

我遵从自己的心意是在赌博。风险是巨大的，心中的悸动却愈发强烈。

我无法否认，我之所以会和戈登在一起，是因为父母的期待，因为我的怀孕，因为我们要将这种生活视为常态。

在我的注视下，两个儿子的父亲取下衣柜顶部的棕褐色皮箱，收拾好东西，走出了家门，把我们母子三人留在了身后。

那一年我 26 岁。戴尔 4 岁。扎克 2 岁。

戈登走后，妈妈会来帮我照看孩子，好让我继续上学、取得学位。我记得刚毕业那几年，戴尔在我的引导下把多余的精力投入了足球运动中。但扎克一直留在离家、离我不远的地方，收集书本和口袋妖怪的卡片，星期二下午放学后还要参加幼儿象棋小组的活动。有些晚上，他会在杂乱的厨房桌子上摊开棋盘，试图教我下棋。但我并不擅长把所有的棋谱都背下来，一心只想着工作上要做的事情。毕业后，我直接做了大学讲师，需要打分、制定教学计划、备课。对我和我的工人阶级出身而言，国际象棋是如此地陌生。国际象棋与莎士比亚——我从来没有喜欢过其中的任何一个。我一遍遍地问他："再说一次，骑士是做什么的来着？怎么走？城堡呢？"

"那是车。"他不耐烦地回答，解释称这枚棋子可以向前、向后或左右跳动多少格。可轮到我时，我又忘了。

"我们能不能玩国际跳棋？我喜欢跳棋。规则好记多了，何况我也没有那么多时间。"

"不行。"他回答，然后动笔把基本的棋谱为我写了下来。

1999 年，他获得了参加埃塞克斯国际象棋锦标赛

的资格，准备前往博格诺里吉斯的巴特林假日营地。我
无比骄傲，把这个消息告诉了我认识的所有人。我得多
赚些加班费，因为这意味着我既可以出钱送他去参赛，
又可以供妹妹佐伊带上她的儿子布雷登陪我们一起。扎
克特别护着性格古怪的表弟小布。他比扎克小一岁，被
诊断患有自闭症。两人与其说是表兄弟，不如说是亲兄
弟。小布抬头看着扎克时，脸上明显会流露出钦佩之
情。两人的亲密与理解超越了标签，也超越了小布时断
时续的自闭症表现。他们只是自己，两个同样喜欢《龙
珠Z》和皮卡丘的男孩。

在巴特林的那个周末，扎克赢得了同年龄组的每一
场国际象棋比赛。我拨弄着他的头发说："小扎，你真
是太不可思议了。"尽管家里的经济状况举步维艰，让
我这个单身母亲时常筋疲力尽，但这场悄无声息的胜利
令我容光焕发。

颁奖那天，我静静地站在大厅后面，一只眼睛盯着
转着圈挥舞手臂、被掌声与欢呼声搅得痛苦不堪的布雷
登，一只眼睛盯着佐伊。她一直在努力安抚儿子，但不
太走运。就在我觉得我们可能必须离开时，扎克对我顽

皮地咧嘴一笑，露出了上门牙间那条明显的缝隙。他大步迈下舞台，像只帝企鹅一样朝着表弟走去，然后把小布塞进手臂下紧紧夹住，在他耳边低声说了些什么，才返回典礼现场。我看着外甥闭上双眼，走到前排盘腿坐了下来，抬头紧盯着扎克。

虽然很开心看到儿子赢得了锦标赛，但更让我高兴的是看到他和表弟之间的联系。两个男孩，两个敏感的灵魂，真正做到了相互扶持。扎克与小布，他们是一个团队。也许他们感到不安的方式是相似的，且和大多数同龄人都格格不入。两兄弟之间的区别可以被称为"神经多样性"。这个非常简单的事实也是人各有不同的原因。

从小到大，我没有任何表姐妹，因此总是和佐伊黏在一起。她比我小9岁，是我恳求妈妈把她生下来的。从那时起，我就像母亲一样照顾着她。我明白扎克和小布的这份兄弟情谊有何价值，要将他们分开是不可想象的。

锦标赛结束后近3年的某一天，天还没亮，我就被电话吵醒了。我冲进厨房，希望噪声不会吵醒两个儿子。那是 2001 年 4 月 1 日，但这并不是什么愚人节的恶作剧。打来电话的是贝蒂阿姨最亲近的邻居丹尼斯和迪尔德丽。洛杉矶时间比这里晚 8 个小时。贝蒂阿姨住在好莱坞山，在 20 世纪福克斯公司为欧文·艾伦工作。她是我妈妈的阿姨，不是我的。第二次世界大战后，她从诺伍德犹太人孤儿院里收养了我的妈妈。按理说我们应该叫她外婆。但我试过一次，她说："哦不，宝贝，你把我叫老了。"

我凑近听筒，得知贝蒂阿姨需要帮助。她的身体愈发虚弱，记忆也受到了损害，如今已经记不得大多数事情的细节了，只记得一件重要的事：她死后的遗产该如何处置。

"你知道吗？她在遗嘱里几乎把所有东西都留给了你。"邻居们问我。我并不知情。这通非交际时间打来的电话让这个消息显得更加离奇。

"很多弱势群体的人若是独自生活，很容易被人利用。"他们说，"我们觉得她需要你的帮助。你能过来一趟吗？"

窗外，月亮渐圆，正好挂在窗户的右上角。我看着它闪闪发亮。"我还有工作要做。"我解释道，因为还没睡醒，声音又细又沙哑，"家里还有两个儿子和各种责任。我不确定能帮上什么忙。"挂上电话，我将听筒整齐地放回支架，拿起热水瓶去水槽里接了壶热水，在胸口抱了许久。戴尔第一个醒来。我听到了他拖着步子在走廊里挪动的声音。

接下来的半个小时和往常一样：吃早饭、穿校服、收拾书包（他们的和我的）、准备书和午餐。寻找家门钥匙、鞋子、外套和一字螺丝刀。我经常要用螺丝刀来启动那辆生锈的陈旧凯旋托莱多汽车。车子是我花60英镑买的，没有点火桶，也没有钥匙。最后，两个男孩照例还要为轮到谁和我坐在前面争吵一番。

趁着车子在一处红绿灯前停下的工夫，我仔细看了看兄弟二人。戴尔正在疯狂长高，唱起歌来喉咙嘶哑，上唇上方长出了一层淡淡的金色绒毛。扎克的体形比戴尔更宽、更强壮，打架时已经能为自己挺身而出。他的发色较深，略显浓密的发丝凌乱地衬托着他的脸庞，再加上那副永远都需要擦亮的眼镜，半睡半醒的样子看起来和这个早晨更加格格不入。我想给两个儿子最好的一切。我一直都是这样想的。只不过这样的渴望会被疲惫与现实压制——直到现在。

把他们送进学校的大门之后，我好奇地心想，为什么是我？为什么我是受益人？为什么不是妈妈？毕竟她才是贝蒂阿姨的养女。何况我本来就是依赖贝蒂阿姨的慷慨健康成长的。她给过我银行卡、礼物和可以在银行兑换的美钞。我11岁生日那年，阿姨给我买过一本带钥匙锁的日记本。我十分珍惜。第二年的圣诞节，她又送给我一台棕色的魔景机和一套幻灯片。每逢星期日，要是天气太糟，无法去外面玩耍，我就会躺在客厅的地板上，把玩具举到天花板的灯光下，让那些标志性的图像动起来。米奇和米妮在迪士尼乐园向我招手。金门大桥在旧金山的阳光下闪闪发光。还有据说在太空里都能看到的大峡谷。这就是美国，一个我在彩色音乐剧和迪士尼动画片中逐渐爱上的国度。

车子行驶到绿人环岛时，天色暗了，大雨倾盆而至。我的雨刷已经破损到只剩下金属，在挡风玻璃上刮出尖锐刺耳的噪声。我一直在等待发工资的日子，好换一对新的。

继承一小笔遗产——这个想法对我太陌生了。这会对我和兄弟姐妹们的关系造成什么影响？我会不会与他们分享遗产，永远自诩为"仁者"？我应该带着些许被孤立的羞耻感留下它吗？它是什么？值多少钱？这个想法让我感觉既紧张又贪婪。

穷困潦倒是我的特点之一。从小到大，妈妈总是教我要痛斥清福德北部的势利小人，知道工人阶级的价值，了解那些脚踏实地、连衬衫都肯脱给你的人。

教室里，我在白板上写下了一道论文题目。看着学生们埋头在笔记本上奋笔疾书，我感觉仿佛被拉回了从前，幻想着那片遥远的土地。在这个白手起家的故事里，贝蒂阿姨——我的神仙教母——正在等待着我。

作为单身母亲，在几份兼职教学工作间奔波、熬夜批改作业、为第二天备课的日子已经让我筋疲力尽、幻想破灭。我知道这是一个重大的决定，但我已经做好了准备。站在岔路口上，我们的人生将被这段不可逆转的旅程彻底改变。我坚信，这是最好的安排。

我带着两个儿子、推着行李穿过伦敦希思罗机场的航站楼，即将启程前往洛杉矶。那一年，戴尔13岁，扎克11岁。登上巨大的飞机，我在机翼上方的位置上轻敲了三下——这是我的幸运数字。我们来到露天甲板坐下，准备搭乘这架飞机高速飞往大西洋的另一边——直线距离 5437 英里。那是一个远离带皮烤土豆、奶酪配豆子和 HP 调味酱的地方，也远离了玛莎拉酱、抹面包的马麦酱、BBC 广播 4 台和妈妈。戴尔期待地睁大了双眼，身上的活力如同喷气式发动机般迸发。"我们要飞多远？"还没起飞，他就问个不停。扎克找出自己的枕头，沉浸在新的哈利·波特故事书中，专注地盯着书页。

窗户的另一边，伦敦的天空变成了灰色。一场细雨浇湿了柏油路。我很好奇生活在少雨的温和气候里是种什么感觉。随着飞机开始滑行，我的胃里一阵翻江倒海——带着两个孩子漂洋过海，这种感觉真是太可怕了。飞机跨越泰晤士河时，我对清福德住宅区、北环路、被污染的利亚河以及过去悄悄道了个别。

我们到达洛杉矶时，天气晴朗。这里几乎一年四季都是如此。91 岁的贝蒂阿姨像个孩子似的，只活在当下。她已经忘记了其他的一切，却能一下子和两个男孩热络起来。

"哦亲爱的，我真高兴你们能来。我是怎么认识你们的来着？"

我们参观了她的房子，爬上一连串户外台阶，来到全景的平坦屋顶。峡谷那一边，一座宝塔高耸在山中。那里就是山城，20世纪20年代由一对犹太兄弟修建，是他们收藏艺术品的地方，如今成了一座餐厅。詹姆斯·邦德的电影就是在那里拍摄的。背后是好莱坞露天剧场。等到夏天演出季开幕，我们会去那里看演唱会。和两个儿子一起站在山顶最高的房子楼顶，我知道我们一定可以成功。毕竟这是远方的我多年前透过古老的棕色魔景机镜头爱上的土地。

我带着孩子们走进地下室。大家踢掉脚上的鞋子，赤脚感受着光滑、冰凉的硬木地板。打开行李箱后，我在古老的钱伯斯炉子上做了晚饭。两个孩子和阿姨很早就睡了。我躺进旧旧的搪瓷浴缸，泡了个热水澡。

不到一天的时间，我们就漂洋过海，降落在了大西洋另一边的一个全新的地方，用一个时代的结束换取另一个时代的开始。谁也不知道我们会在这里遇到什么，是会留下还是会离开。那一刻，我感觉我既英勇无畏又孤立无援，却和祖祖辈辈的犹太祖先联系在了一起——他们也曾背井离乡、前往新的土地，憧憬更加美好的生活。

第六章
年度全才

"我可以做到。"扎克坚称，在床上用一只手肘撑起身子。他还是几乎整天都在昏睡。自从他离开精神病房、不得不向加州大学洛杉矶分校请了病假，时间已经过去了5个月。他看了看下个季度的课表，笔记本电脑嗡嗡作响。

我也很忙，一直打量着他的胡子。胡子已经成了我们的晴雨表。他复旧如初时，会变成一个不留一丝胡楂、面容清新的小伙子，一个准备好与世界互动的人；沮丧时又会蓄起浓密蓬乱的须发。今天的他介于二者之间。我看到了他从父亲那里遗传的姜黄色发丝。尽管内心动荡不安，但他是个长相俊美的男孩。

扎克高中时喜欢音乐、戏剧、科学和艺术。这些方面的天赋为他赢得了"年度全才"的称号。我应该把那个东西裱起来、挂在墙上。妈妈以前就是这么处理我们的证书的。她选择展示荣誉的地方是浴室的马桶上方，坚称这样才能让我们多看到这些东西。

"有些课程是网课。"扎克告诉我，"不够我应得的学分。我得选几门必须面授的课程。作业和期末成绩取决于学生的课堂参与度。缺课的次数能决定学生是否及格。"

扎克出院后逐渐退出了学业，对此我仍旧记忆犹新。与学术顾问面谈、大量的文书工作以及与未来拨款、成绩和健康保险相关的繁文缛节，都让人筋疲力尽。

"妈妈，别担心。"他望着我紧张的表情，"我可以选择晚上的课程。我必须拿到学位。毕竟我费了好大的力气才考上加州大学洛杉矶分校。"

"我懂，亲爱的。"我告诉他，"我为你感到骄傲。"

他又去研究课表了。我试着扭转思维，想象他昂首挺胸、迈开大步穿过校园，回归那个不卑不亢、好友如云的自己。

我比以往更热衷于寻找成功故事，喜欢在互联网上搜索有谁曾经完成过类似的壮举。清单显示，有些历史人物患有阅读障碍。爱因斯坦、达·芬奇、爱迪生。我想找个类似的例子，证明有人曾在精神病发作后重返校园、完成了学业。在电脑前坐了许多个夜晚后，我找到了她：一位作家、精神健康改革的倡导者，曾被真实确诊为精神分裂症。她名叫艾琳·萨克斯，拥有学士、硕士和博士学位。

我找到她的回忆录《我穿越疯狂的旅程》，买了一本二手书。我会在深夜阅读这本书。床头灯照在折了角的书页上。南斯睡在我的身旁，我却几乎意识不到她的存在。和我共度夜晚的人是艾琳。她将我拉进了她的世界。我为书中的恐怖情节感到惊愕，也惊叹于她的叙事技巧。

我必须见见这位艾琳·萨克斯。说起来，她与我的祖国也有些关联（她第一次发病是在牛津大学学习期间）。她在洛杉矶的精神健康界被称为"高功能者"，不过这个名词很快就会过时。她认为，她在英期间每天都会去看的精神分析家对她的康复至关重要。我想知道是什么、是谁让她成了南加州大学法学院院长和《纽约时报》畅销书的作者，还发表了自己的 TED 演讲。根据精神科医生的说法，扎克拥有"丰富的认知储备"。这意味着他很聪明，至少现在是这样的。不过，大多数西方医生和精神科医生都认同所谓的"生物医学模式"，认为分裂情感性障碍可能会在未来损害扎克的认知能力。他们相信精神病会影响大脑物质与神经元的连接，每一次发作都会产生炎症反应和神经毒性。他们还指出，抗精神病药物具有保护作用，如果精神病患者不终生服药，无论是从动力还是智力方面来讲，都有可能失去学习、记忆和阅读的能力。

和所有理论一样，这一理论也备受争议。反对阵营的研究表明，抗精神病药物会对大脑造成伤害，所以我们其实很难判断精神障碍的影响。这些研究人员将创伤考虑在内，把幻听或经历极端状态解释为存在危机或精神危机。

大多数时候，我既困惑又茫然，不确定该相信什么。生物医学或破碎的大脑模型都让我感到害怕。我的职业是教师，人生建立在书籍、论文和知识之上，总是希望扎克的人生也能如此。

我想知道艾琳·萨克斯是否还会服用强效的抗精神病药物。我给她发了封邮件诉说困境，表示很想带扎克去见她，因为她可以激励他、向他展示什么是可能的、什么是不可能的。令我意外的是，她竟然真的同意在南加州大学附近的一家餐厅与我们见面。

　　约好见面的那一天，扎克一直在打喷嚏，还抱怨浑身疼痛，不太舒服，无法与我同去。我给他泡了杯蜂蜜柠檬热饮，把他留在了家里。虽然满心失望，但我并不愿意放弃这个机会。我坐进车子，心里有种感觉挥之不去，很难将车从车道上倒出去。那是恐惧。扎克服用的药物会产生一些比较危险的副作用，其中之一就是神经阻滞剂恶性综合征（NMS），症状类似流感。这是一种罕见的严重疾病，由血清素水平上升引起，可能导致死亡。这个想法一直被我抛在脑后，直到这一刻才突然重现，如同一块巨石压住了我的胸口。我知道应该警惕高烧、思维混乱、出汗等迹象，同时还要注意他的脉搏、心率和血压变化。

　　前往市中心的路上，我想着读过的内容，盘算着抗精神病药物的其他长期健康风险，包括血糖水平升高以及胆固醇和甘油三酯的变化——所谓的代谢综合征。其中最令人不安的是患者的脸部、舌头或身体其他部位容易出现不受控的动作，称为迟发性运动障碍，可能是永久性的。被诊断为精神分裂症的人平均寿命要比其他人群短 25 年。这在很大程度上被认为是因为长期服用抗精神病药物对身体造成了损害。

有证据表明，童年时期有过悲惨经历的人也有可能早逝。这类人群的酒精和毒品成瘾程度更高，可能是为了麻痹心中的创伤。

这一刻，千头万绪涌上了我的心头。大量生动的事实与数字。我仿佛一口气吞下了百科全书中相关主题的所有词条，记住了里面的每一行文字。幸好扎克没有和我在一起，因为一想到他到了我这个年纪可能行将就木，我就泪流满面。

来到目的地，我停好车，看了看表，用手背抹了抹眼睛，拨通了扎克的电话。

"我感觉好多了。"他说，"有什么吃的吗？"我长长舒了一口气，靠在头枕上。我告诉他，冰箱里还有剩菜。我想象着他微笑的模样，在他还没有道别前仿佛就从他的声音中听出了笑意。

我和艾琳约见的地方是一家光线明亮、人来人往的美式咖啡厅，散发着油炸食品和福杰仕咖啡的香气。我不明白怎么会有人喝得下闻着如同旧烟头的咖啡，更别提还要免费续杯了。但不管香气如何，我喜欢这里的装饰。胶木的桌面搭配红色的人造革座椅。

她一进门我就认出了她，因为我看过她的 TED 演讲。她又高又瘦，发色灰白，发型蓬乱。看到她的体形没有超重，我瞬间备受鼓舞——也许扎克也能避免药物引起的代谢综合征、维持健康的体重。我们在靠里的地方找了个卡座，面对面坐下。艾琳点了一份考伯沙拉，在上面倒了些许搭配的调味汁。

"我每天来，所以这里的人都认识我。而且我总是点同样的东西。"她承认。她还说她是个工作狂，规律的日程对她极其重要，因为能让她的精神保持稳定。

"我和丈夫外出度假时，往往也只会离开很短一段时间，而且我经常把工作带在身边。"她说。

丈夫——她结婚了。我不知道扎克会不会结婚。就在不久之前，人们还认为包括艾琳在内的精神分裂患者永远无法结婚和工作，必须一辈子接受药物治疗、庇护或收容。

"除了工作，你还有什么爱好吗？"我问。

"我喜欢去博览会公园滑旱冰。"她淡然一笑，我差点儿没有留意到。

我也微笑着以示回应,想象着坚韧不屈的艾琳滑旱冰的样子。她在公园里穿梭,发丝在身后飘舞,滑过洛杉矶纪念体育馆、洛杉矶郡自然历史博物馆和加州科学中心。我心想,那是一个多么适合锻炼的地方啊,融合了智慧与自由。

"我很想让扎克陪我一起来,但他感觉不太舒服。"我告诉她。

"我也很遗憾。"她回答。我知道她是真心的,因为她一脸诚挚地放下了叉子。

她也经历过创伤。某次住院期间,她曾遭到捆绑和强制用药。正因为接受过这样的治疗,所以她强烈主张更好的护理、理解与改变。

"永远不要放弃希望。"她告诉我。

"我儿子的精神科医生说,扎克也属于高功能患者。"我告诉艾琳,仿佛这样就能把我们归入一个单独的俱乐部,子群中的子群。艾琳一直在研究这类人群,见过其中一些在洛杉矶事业有成的技术人员,或是法律、商业和医疗专业人士。有些人在确诊精神分裂症后还能控制意识的变异状态、设法拿到大学学位。

那天下午，根据我回家时了解到的信息，艾琳·萨克斯实际上还在服用抗精神病药物。除了药物，她还拥有日常工作、各项责任、健康饮食、体育锻炼和一个有同理心的生活伴侣。艾琳能够取得如此成就，使用的方法令人振奋。她堪称我这种家庭的楷模。

"艾琳·萨克斯太了不起了。"当天晚些时候，我对扎克说，"你也可以。你已经非常棒了。"

晚饭后，南斯从她的父母家打来电话。她在旧金山湾区工作时都住在那里。我把和艾琳见面的事情告诉了她。

"哇，亲爱的，"她惊呼，"要是扎克能够驾驭那些声音，学会与它们共处……"

那通电话过后，我给狗套上牵引绳，询问扎克是否愿意陪我去附近散散步。他答应了。我们沉默不语，沿着派拉蒙大道迈下通往格伦科的台阶——我们称之为"秘密阶梯"。

"小扎，这对我们大有益处。"这是我说的唯一一句话。但我完全相信。我听着自己的呼吸，听着贝尔和苏琪的爪子在人行道上踩出轻柔的啪嗒声。这是个温暖的夜晚，柑橘类水果的甜香扑面而来。我和儿子走路时步调一致，中间夹着两只狗。我突然意识到，我是多么希望他能够加入艾琳的子群，被他的精神科医生誉为奇迹。

当然，在2010年的洛杉矶，大学每个季度的学费约为1万美元，应该有足够的资金来帮助扎克。我下定决心，准备尽快去一趟残疾学生办公室，确保他能得到相应的保障，不会错过一切成功的机会。

扎克还是选了一门开课时间很早的课程，因为没有其他的选择可以满足他的需求。他安排的另外两门课程都是线上授课。我给他买了一只响亮的闹钟。起初，闹铃一响他就能爬起来，跟跄地从床铺走向放闹钟的衣柜。这是他强加给自己的一项对策，免得按下止闹按钮继续蒙头大睡。我会帮他泡上一杯浓咖啡，叫他几声。然而，当他开始在可怕的闹铃声中赖着不醒、咖啡晾在一旁一口未动时，我俩都变得十分疲惫。他的药物有很强的镇静作用，即便有咖啡因、闹钟的噪声和最刺眼的阳光从窗口照进来，也叫不醒他。

有空的时候，我会开车送他去上学。但他无法集中注意力，经常在讲座和研讨会上从头睡到尾。学校为他分配了一名做笔记的帮手，还承诺会延长他的考试时间、单独给他安排考场。我们为他配备了滑板，让他能在校园的人群中飞快地穿梭，并准备了高质量的降噪耳机，压制他脑海里那些诱人的声音。但扎克还是无法适应。

到了第三个星期，他只上了两节课。第五个星期，他由于缺课和缺乏参与，成绩大幅下降。为他提供保障的学术顾问和残疾学生办公室的玛雅都无法为他提供更多的专属空间，于是建议他退出校内课程。当他告诉我，玛雅可以帮他正式做出改变、处理文书工作、同时保留他的学生健康保险和资金时，我松了一口气，说了声感谢上帝。但更多有效措施的缺乏还是令我感到失望，何况上述做法都是为了帮助扎克退学，而非留校。

为了应对剩余的课程负担，他每天都会和他的爸爸视频聊天。同为历史迷的戈登已经退休。父子俩会一同讨论课程的材料。在某些科目的期中考试前，戈登还会对他进行测试。我听着两人的谈话，心中有处软肋被打开了，一个能让我遗忘陈年旧伤的机会。我迫切地希望扎克能够成功，于是把所有人、所有物都投入了战争之中。

扎克昔日的一位中学老师逐渐成了家人般的存在。她会来家里帮"月亮小子"扎克里（她给他起的外号）

组织论文。只要我继续相信他能再拿到 6 个学分，同时信守承诺、远离大麻，坚持去看心理医生和精神科医生，我们也许就能成功。要付出的努力是巨大的，但值得我们拿出每一股能量。

要想继续领取奖学金，他必须拿到 B 以上的成绩。从高中以来，他的成绩从未低于 A，平均绩点达到了只有少数学生才能有的水平，甚至在毕业前就参加了大学预修课程。但抗精神病药物的效力影响导致他必须花费更长的时间学习。我看着刻在他眉宇间的专注，知道他也意识到了自身学术能力的变化。

学期正式结束几周后，扎克抱着笔记本电脑走进我的房间。屏幕上是他的大学主页。成绩出来了：古罗马历史考了 B+，美国内战史考了 B。我欣喜若狂。

"小扎，这意味着你可以继续领取奖学金了。我真为你骄傲。"我笑着说。

"别说了，妈妈。"他插嘴道，"我已经不一样了。我的大脑受损了。我以前的成绩一直是 A。你知道的。这太糟糕了。我早就说过吧，都怪那些药。"

我试图说些什么，却被扎克响亮而急迫的声音压了过去。"说不定有人在给我下毒。我甚至都无法正常说话。别假装你没注意到我口齿不清。你是站在哪一边的？说真的？"

"我是站在你这一边的。"我充满防备地回答，感觉脸颊因为恐慌涨得通红，"你究竟为什么觉得有人要害你呢？"他开始踱步。家里的狗也感受到了他的焦虑，忧心忡忡地哀嚎起来。

"扎克。"我用平静坚定的语气告诉他，"没关系，你不必回到那时候的水平。"

他发狂的情绪逐渐缓和。我想告诉他，也许他可以试着满足于 B$^+$，但现在似乎不是什么合适的时机。我开始担心合适的时机会越来越少，多多少少感觉怀抱这么大的希望不切实际。也许我们终究上不了艾琳·萨克斯的名单。扎克决定下个学期辍学。可能他已经不适合加州大学洛杉矶分校，那里太大，太过千篇一律。我了解他，我了解这个高度敏感的儿子。

扎克累坏了。他花了很大的力气才承认下个学期应该辍学。我们跨入了另一个领域，一个有着不同期望的领域。眼下，我很想知道他是否愿意回到过去，能否毕业，如果无法毕业，又意味着什么。

第七章
变幻莫测的诊断

随着诊断从非特异性精神障碍转变为分裂情感性障碍，扎克的抗精神病处方变成了另一种名为再普乐的药。医生长着一口雪白的牙齿，他的办公室可以俯瞰古老的乡村中最昂贵的几座房产。医生告诉我们，病情的改善可能需要长达6周的时间。但他忽略了一个事实：药物也许并不会对每一个人都起效。与扎克诊断结果相同的患者中，34%患有精神病学所说的"难以诊治"或"抗治疗性"精神分裂症。这意味着即便服用了抗精神病药物，极端痛苦和幻听的情况依然会继续存在。这是我第一次意识到，精神病似乎并没有一个统一的原因。

扎克不喜欢再普乐，就像他不喜欢安律凡一样。事实上，他讨厌它，因为它会引起双腿肌肉的痉挛和疼痛，还会让他视线模糊、无法清晰地阅读，并导致疲倦和便秘。这些还只是最初的副作用。之后还会有更多，但我们尚不清楚。

为了让一切好转，我买了些可以应对身体疼痛的镁片和老虎油，还购买了大量的新鲜水果和蔬菜，泡了帮助肠胃蠕动的番泻叶，并和日落大道上的验光师王医生约好了看诊的时间。

"他可能需要度数更深的眼镜。"我在电话里告诉接待员。

王医生的工作时间是周六，十分完美。不过我内心深处清楚，没有什么事、什么人是真正完美的。这位验光师是南斯去年认识的。她原先打算在扎克18岁生日时带他去配隐形眼镜。摘下框架眼镜能方便他冲浪、打篮球和吸引女孩。

医生接待了我们。我想知道他对我儿子身上的变化有何看法。扎克已经抛弃了隐形眼镜，重新戴回了旧框镜。他垂着头坐在那里，眼镜低低地挂在脸上，像是在祈祷。也许他的确是在祈祷。我不怪他。

医生压低嗓门，示意我们跟他走。他是个直觉敏感、心地善良的人。我希望他是扎克的精神科医生，

或是心理医生，抑或是——我敢这么想吗？——他的
父亲。

视力检测的房间里摆着他3个年幼的女儿在迪士尼
的照片。我紧盯着照片，回想起全家第一次落地这座城
市时，扎克有多年幼，旅程有多美妙。

王医生对扎克进行了检查，确认他的视力还没有恶
化。他建议扎克经常佩戴眼镜，看看有没有帮助。他还
问起医生有没有开什么新药，说他遇到过一些病人抱怨
抗精神病药物会带来视力模糊的副作用。听说自己的情
况并不是独一份，扎克的精神一下子振作起来。这是真
的。药物中的某些物质可能会影响他的大脑追踪和处理
周围世界的方式，即便它并没有在王医生的设备上显示
出来。

"我真的不想再吃这种破烂东西了。它会让我变得
又蠢又瞎。"回家的路上，扎克说。

我与他争辩起来，重申根据精神科医生的说法，副
作用在开始时比较明显，如果继续用药，情况会有所
改善。

"毕竟他才是医生。"我说，"他肯定最清楚吧。"

每天晚上，我都会端着一杯水，慢吞吞地走进扎克的房间，递出手里的药。扎克的书架就在我的视线范围之内，但我无暇顾及，注意力全都集中在手中的药片分配器上，而不是他曾经喜欢阅读的 C.S. 刘易斯、托尔金和 J.K. 罗琳。他已经再也无法理解书页上的文字了，也无法集中精力跟上书中的情节。

一天晚上，在例行服药的过程中，扎克情绪沮丧到把水杯推到了我的下巴上，开口质问："如果这药这么好，你为什么不吃呢？"

他的眼神既黯淡又愤怒，皮肤因为很少晒太阳而变得蜡黄。

一番争执过后，南斯看得出我明显浑身发抖。

"也许强迫他是不对的。毕竟我不可能永远在他身边监督他吃药。"我说，"如果他对副作用如此反感，那这不应该是他的选择吗？毕竟这是他的身体。"

要说服顶多只吃阿司匹林的南斯理解扎克，并非难事，尤其是一开始，我们都是新手，只能学一步做一步。我问扎克是否愿意在医疗监督下逐渐断药。考虑到我读到的有关突然停药的危害，这似乎是个明智的选择。扎克同意逐渐断药，对此我充满了希望。

我没有停止阅读，偶然发现中国的研究表明，将抗精神病药物的剂量减半，能让患者的情况出现好转。在另外一些美国病历中，抗精神病药物仅在急性发病的阶段使用，待情况稳定便可停用。这些人往往恢复得更好，身体机能也更长久。

我买了一个药片切割器，找扎克的医生谈了谈，却遭到了他的反对。我感觉自己就像一场拔河游戏中的绳子，被两个方向的人来回拉扯。但扎克心意已决，即便不能戒断也会把药片丢进废纸篓、床上或其他任何地方，就是不会塞进嘴里。他的态度如此坚决，再怎么强硬、再怎么阻挠也无法改变。他就像一只固执的蝎子，尾巴带刺。南斯相信，这种决心能帮他渡过难关，回到我们身边。

几天的时间过去了。只要我在家，无时无刻不在关注他。他还好吗？放弃抗精神病药物就是答案吗？这很难知道，因为断药后艰难生存的许多病患都不在这个系统里，因此不属于统计记录的一部分。相关研究也有失偏颇。

没过多久，他明显不那么镇静了。夜晚，我们会一起出门遛狗，在两公里的环路上保持步调一致，沿着陡峭的北梧桐大道往上爬，经过拥有角楼、尖塔和铅玻璃窗的标志性魔法城堡。扎克用将来时谈起他想重返大学、外去旅行、出国一年，还想和老朋友们再次团聚。这一切都给了我希望。

据说重新开始服用抗精神病药物需要 6 周才能完全发挥作用，因此我认为，扎克的身体也需要 6 周才能彻底代谢掉原先的药物。但事实并不一定如此，反而颇为复杂，还有可能很快出现脱瘾（如果你采取非医学手段）或再度恶化（如果你坚持使用会损伤大脑的方法）的迹象。正如人们对精神病的成因存在分歧，停药会给大脑带来何种影响，大家也各执一词。那些不支持抗精神病药物的人认为，多巴胺受体倍增会淹没大脑、使之无法调节。支持生物医学模型的专业人士则认为，这种疾病是退化性的，"突破性"症状就是证据。

以埃莉诺·朗登、鲁弗斯·梅和乔安娜·蒙克利夫为例，越来越多的精神健康专家已经不再将精神分裂症或精神病视为疾病，而是将其看作身心对未解决的创伤作出反应的过程。我找到了相关主题的纪录片和 TED 演讲，发现我慢慢加入了他们的阵营，对自己的思维方向产生了质疑。这让我感到有些失落。原来事情没有明确的答案，只会有更多的问题。

遛狗途中的惯例之一，是由我来测试他对词汇的理解与记忆。

"我就是说不出来。你明白吗？你能听出我心里的想法有什么不同吗？"他问。我从他的话语中听到最多的是沮丧与不安。我们会按照字母表往下捋。过程中，我总是小心翼翼，不想摆出高人一等的态度，让"游戏"显得过于简单。但我也不想用复杂的词汇来为难他，证实他心中的恐惧，强化他深信不疑的那些事情。

"过时的。仇恨。活跃的。路障。诱人的。中产阶级分子。"

和往常相比，他似乎要花更多的时间集合自己的想法，但这也说得通。他经历了太多，一部分自我、声音与核心身份都发生了改变。扎克开始服药后总渴望碳水化合物，几乎整天都在寻找食物，如今却一点胃口也没有，而且晚上睡不着觉，非常清醒。我担心精神科医生会说，这是出现了诊断结果提到的情感障碍。好长一段日子里，我只是看着，什么话也不说。

南斯发现了一个名叫全国精神疾病联盟的组织（NAMI），创始人是两位母亲。她们认为社会无法满足患病儿子的心理健康需求，于是组织了一些小规模的基层活动，后来发展成了一个庞大的网络。

该组织开设了一门为期十周的课程，名为"家庭面对面"，由一些与我们有着类似经历的家庭成员授课。"它能为我们提供指导。"南斯认为。我还是会感到尴尬局促、格格不入，心里打不定主意。但最令我震惊的是，平日里冷静镇定的南斯竟然欣然愿意分享我们最脆弱的秘密。

她一遍遍地提起此事，直到我终于答应才肯罢休。"好吧。"我结结巴巴地说，"我去。"

她即将返回旧金山，开始一周的工作。"我去机场的路上就帮咱们订上一次的课程。"她说。我看到她的眼中闪烁着决心。她的头发潮乎乎的，散发着摩洛哥坚果油的麝香味。

"周四晚上见。"她说，"祝你今天过得愉快。"

我记得南斯每次出门前都会念上这么一句。那时的日子着实美好，比我想象的还要美好。那时的我每天都沉浸在工作、责任和一些习以为常的事情上。那段幸福的时光——扎克和十五六岁、十六七岁的同龄人过得没什么两样的时光。

我把脸颊凑了上去，因为我还没有刷牙，身上因为大半夜都辗转反侧而散发着汗臭。我只想睡个回笼觉，或者放声尖叫、躲藏起来，她却已经神清气爽地准备面对新的一天。我不确定以后还会不会有好日子过。扎克孤注一掷的做法令我忧心忡忡。我担心眼下这场试验没有人能引领方向。

"亲爱的，班上可能会有人知道我们该如何应对。"南斯说，"他们可能也经历过这个过程。"

"希望如此吧。真的希望如此。"

南斯去了加州北部，戴尔住在加州中部，扎克深陷在属于自己的现实之中，我几乎无法接近。我们距离正常的家庭生活越来越远。

年轻时，我一直以为美国是个卓有远见的国家。但我们的许多故事似乎都得不到理解与倾听。

尽管看着扎克受苦对所有人来说都是一种煎熬，但春天已经到了。这是一个丰饶的季节，永远寓意着新生——或者就我们的情况而言，象征着重生。它让我想到了神经可塑性的概念：大脑的通路开始更新、重新校准、自然再生，仿佛萌发的新芽。看着日历，我意识到我的生日就快到了。生日和母亲节意味着一家人要去大自然中共度一段时光。这已经成为我家的一项传统，一条不成文的规定。

我的大脑如同一台陈旧的录音机，播放、倒带、再重播着扎克 16 岁那年的生日郊游。我们选择了圣卡塔琳娜岛，加州八座海峡岛屿中的第三大岛，也是游客最常到访的岛屿，因为它距离洛杉矶很近。

刚坐上车，南斯就打开 CD 唱机，开始大声地播放 ELO 乐团的《蓝天先生》。这是我们熟悉的自驾游曲目，一首属于全家人的歌。

蓝天先生，请告诉我们为什么
你必须躲藏这么久（这么久）

两个儿子用手拍打着大腿。南斯轻敲着方向盘。我也跟着哼唱，让贝尔在我的大腿上摇晃。那是 2005 年，

妈妈去世后 21 个月，我们失去阿姨后一年。刚刚过去
的一年是我人生中最艰难的一段光阴。想到生活再也不
会那么糟糕，想到房子、南斯和两个儿子都是我的，我
备感安慰。原来我还有那么多可以坚守的东西。

这八座岛屿中有两座由军方控制，禁止公众进入，
另外五座至今无人居住，属于海峡群岛国家公园的一部
分。与它们不同，卡塔琳娜岛是游客的天堂。主镇阿瓦
隆遍布酒店和餐厅，还有各种水上运动场所和一座巨大
的赌场。从圣佩德罗乘坐渡轮过海后，我们租了几辆自
行车。岛上天气炎热，骑车上坡前往植物园更是让人感
觉酷暑难耐。南斯建议去新月海滩凉快一下。她不像两
个儿子那样一下海便如鱼得水，却还是勉强勇敢地跳入
水中，结果发现自己十分享受。

她像个外出郊游的女学生，抓起我的手踮脚迈过鹅
卵石，在海浪中蹦蹦跳跳。我们在海中浮浮沉沉，嬉戏
打闹。她像只乌龟一样趴在我的背上游泳。两个儿子冒
险去了更远的地方玩人体冲浪。他们知道如何观察水
势，如同南斯知道如何阅读地图，我知道如何阅读故
事。两人气喘吁吁地回到我的身旁，头发湿答答的，眼
睛因为海盐的浸泡透着红色的血丝。我们临时起意，围

成一圈涉水前行。视线范围内还有一些冲浪者和玩趴板的人，但他们知道要躲避我们。这是这里的规矩。

最先有所察觉的人是南斯。我发现她的表情逐渐变成了恐惧。海水涨了起来。我也感觉到有个一闪而过的蛇形身影跌跌撞撞地推了我一下。它在我们的身旁钻出了水面。我透过飞溅的浪花看到了它。我从未如此靠近过任何动物：一只灰色的巨型象海豹。

南斯和孩子们已经朝岸边奔去，我却注视着它在阳光下转过身，朝我眨着眼睛。我触碰了一只海洋哺乳动物，或者说是它触碰了我，丝一般光滑，肌肤贴着肌肤。

"你觉得那家伙有多大？它为什么要跑到离我们这么近的地方来？它会伤害我们吗？"我走上沙滩，边穿衣服边嘟囔，仍旧因为难以置信而感觉心跳加快。

如今，有两个画面在我的脑海中挥之不去：一个发生在彼得拉斯布兰卡斯，另一个发生在扎克生日当天，二者都让我接触到了真正的象海豹（人称"象海豹科动物"）。象海豹科动物与海狮科动物不同。海狮科动物拥有耳郭，可以转动巨大的后鳍状肢，像狗一样走路。象海豹科动物只有耳孔，在陆地上靠腹部滑行，约有 17 至 20 个品种。海狮科动物种类数量也差不多。

海岛之旅结束后，象海豹出现在了我梦里。我回到水中与它们畅游，这一次丝毫没有感到害怕。它们还和我一起爬上岸，变成了海狮，摇摇摆摆地行走。再次变形时，它们又成了人类。我并不是第一个想象这种画面的人。在北欧与凯尔特的神话中，长相类似象海豹的人被称为"海豹人"。这些神话大多以苏格兰北岛为背景，也曾出现在法罗群岛——一个距离我的出生地更近的地方。海豹人可男可女。它们登陆后全身都会变形褪皮，完全变成人类。据说海豹人拥有令人难以置信的美丽，会在陆地上寻找心怀不满的人，比如渔夫家孤独的妻子。不过它们只能短暂化作人形，然后就必须返回大海。

第二天醒来时，海豹人的故事仍在我的脑海中流连：它们被困在海陆之间的悲剧，它们身上褪下的皮肤，它们出生的海底世界，还有它们为了陪伴人类家庭付出的牺牲。海豹人知道什么是爱情，也知道如何活在当下。它们始终清楚自己真正的位置在别处，因此这只是借来的时光。总有一天，之前的那个世界会召唤它们归去。

停药几天后，扎克又开始进食了，还重新拾起了大麻。或许他从未彻底戒掉过它。南斯建议我们去来爱德买个大麻的检测试剂盒，或许还可以多买一个检测安非他明类药物，看看他有没有服用其他药物。需要监控的事情太多了。我本来就要开车载他去赴约、申请各种福利、接受治疗，还要去加州大学洛杉矶分校与财务人员会面，确定我们从上上个学期开始需要偿还大学的助学金和贷款。我的研究还在继续，希望能够了解一切。因此，假冒医药顾问、把我家变成当地检测中心的想法丝毫没有任何的吸引力。这或许是因为我的妈妈从没有管教过我，所以我不觉得管教扎克有什么好处——至少不是以这种方式。

在前往西区的路上，一想到扎克晚上要独自待在家中，我的胃就隐隐作痛。我不确定是大麻的缘故，还是因为他停止服用抗精神病药物产生了戒断反应，但他总是忘东忘西：不记得关上炉灶，不注意清理打扫，也不会随手锁上前门。上个星期，他把一包从乔氏超市买回来的韩国肋排忘在了咖啡桌上，被贝尔吃了个精光。盐和香料让它恶心得厉害，害我们不得不把它送去兽医那里服用木炭。

"也许他不得不收拾的时候就会动手了。"南斯安慰我。我想要相信她。我坚持不跟在他的身后打扫，但肋排事件发生后，这样的做法感觉风险太高。

我告诉自己，今晚是一个新的开始——又一个新的开始。艾琳·萨克斯说，我们永远不应该放弃希望。此时距离上次入院刚刚过去一年。时间尚早，尽管有时沿着短轨道似乎也永远无法绕太阳一圈。

南斯从旧金山飞了回来，只待一晚，好陪我一起参加洛杉矶的课程。有时我会在工作日想念她；但大多数时候，我觉得分隔350英里的距离有好也有坏。毕竟南斯不必在重重动荡与起伏中生活。周一至周五，她可以留在父母家，睡在40多年前住过的卧室里，还能够照顾因为黄斑变性、逐渐失明的母亲，避免家中出现什么动荡与起伏。和自己的父母同住既是一种不同的挑战，也是一种幸福。

我绕着停车场转了好几圈也没有看到她，于是驱车绕着街区转了一圈。卡尔弗剧院的霓虹灯、街灯和车头灯在雨中闪闪发光，让我眯起了双眼。

就在我抄近路穿过小巷时，伴着挡风玻璃雨刷嗖嗖摆动的声响，我看到一个年轻人正躺在人行道上睡觉。他衣衫褴褛，身上盖着灰色的毯子，嘴里自言自语，身体距离车水马龙的行车道只有几英寸①远。我继续向前驶去，使劲眨了眨眼睛，强忍住泪水。

回到停车场，我看到南斯刚好迈下一辆出租车。"亲爱的，"我透过敞开的车窗大喊，试图压过雨声和轮胎碾过潮湿柏油路的声响，"你来了。"

聚会的地点是一家精神健康中心。偌大的白色房屋宽敞得令人发冷，灰色的地砖上摆着配套的塑料桌椅。家具被摆成了马蹄的形状。我们是最后一批赶到的人。一个染着铂金色头发的高个老妇人沉着自信地朝我们挥了挥手，示意我们在两把硬邦邦的空椅子上坐下。她的胸牌上写着"劳拉"。

来到这里的全都是满脸倦容的中年男女。我们用黑色的马克笔在黏性标签上写下自己的名字，贴在胸口，就好像我们会忘了自己是谁。劳拉在桌子上摆了大活页夹，让我瞬间产生了一种熟悉的舒适感，仿佛回到了课堂。另一位名叫苏西的发起人为聚会拉开了帷幕，抱着

①　1英寸 = 2.54 厘米。

活页夹朗读起来。

苏西口才很好，身材苗条。她的坐姿挺拔笔直，一头顺滑的赤褐色头发卷曲地搭在颈间。朗读时，她把眼镜轻轻压到鼻梁上，从镜框上方凝视着我们。她交叉的脚踝边摆着一只破旧的皮革公文包，整个人看起来大方得体。

她邀请我们进行自我介绍，同时介绍一下自己为谁而来。我还是不知道如何打开声音的盖子，也不清楚该如何重新关上它，抑制住内心的恐惧。

苏西说，我们不一定非要分享。如果愿意，我们也可以跳过。

在其他人分享故事时，我把参差不平的指甲扎进掌根，以对抗屋里所有人同时散发的悲伤。这些人的子女、兄弟年龄都在20岁上下。故事的内容惊人地相似。听到道恩说，她的儿子确诊精神分裂症后已经从伯克利辍学，我感觉南斯的身体颤抖起来。

"亲爱的，你需要我的夹克吗？"我问。她摇了摇头。

让我印象最深的人是琼。她看上去累坏了，双臂交叉着放在面前的桌子上，支着脑袋。她的哥哥长期居住在寄宿养老院里，而她希望能够成为其合法监护人。卡罗尔的儿子"没有精神障碍"，却睡在圣莫尼卡大道的一个垃圾箱里。卡罗尔低沉的抽泣发自肺腑；我感同身受，因为我们有着相似的痛苦经历。

妈妈总是说，这世上还有比我们处境更糟的人。在这场聚会中，我们和其他家庭都是一样的。屋里充斥着悲伤，却莫名让人感到安慰。尽管思绪混乱，但我并没有感觉自己有多孤独，毕竟发起人苏西能理解我们。在某种刺激下，我开口作了一段发言，简单介绍了扎克的经历，说他已经停止服用抗精神病药物，重新开始抽大麻。"我不知道该怎么办。"我说。

南斯接过话茬，解释称我们希望学习一些可以全家共同应对的方法。

苏西首先开了口。她说我正处于"精神疾病创伤"的第一阶段，会经历否认、震惊和无望的希望带来的折磨。周围人纷纷点头，表明我并不孤单。

会议正式结束后，一些人留了下来，聚集在停车场里。我们围作一团，用后背抵御着寒风。大家打开笔记本和手机，搜索着咨询师、治疗室和理疗项目的联系电话。其中一些人多年来一直和患有精神疾病的家人生活在一起。一想到我们也有可能长期身处这样的境况，我就感到心痛。我在包里翻找着抗酸药，南斯则在纸上记着笔记。那张纸在风中沙沙作响，像是要努力逃离她的掌控。在我的注视下，她把纸塞进活页夹，确保它安全无虞，仿佛那是一个小小的、充满希望的金块。

第八章
车祸

2011 年秋

　　南斯的妈妈芭布双目失明、身体虚弱，她来我家做客时，扎克正好跑来要钱买烟。为了购买食物和香烟，同时拿出一小笔钱给我们支付房租，他已经花光了政府津贴，向我们借的钱也用光了。我们拒绝了。他推开楼梯上的芭布挤了过去，还重重捶了冰箱一拳。南斯把他赶出了家门，撕破了他的 T 恤衫。他愤愤不平，她也火冒三丈。我发现自己再一次被夹在了中间。

　　我感觉仿佛又回到了清福德，回到了那个家里家外都充斥着暴力的地方。我不喜欢这种感觉，不喜欢它勾起的回忆和戏剧性事件。我以为我已经长大了，不会再遭遇那种行为了。南斯显然也备感震惊。多年来，在家里厉行纪律的人始终是我，扎克的生母。南斯往往会退居二线。然而今晚，看到体弱的母亲被人推搡，家里的东西也遭到了打砸，她面临着严峻的考验。

这件事被扎克铭记在心多年，每当他特别无助和绝望时都会被他提起。那是南斯唯一一次对他动手，如同牛肚子上的烙铁，印在了他的心里。那晚我没有睡觉，而是驱车赶往城市的另一头，去一家通宵营业的咖啡馆里找他。夹在强烈的母爱和自己的需求之间，我比以往任何时候都更需要家人的支持。我觉得我辜负了他们两个。

芭布回家后，我与南斯恢复了独处。争执爆发时，我们正准备从日落大道上的家得宝商店回家。天气很热。一开始都是些琐碎的小事。我想让扎克帮我们做DIY项目，南斯却说她宁愿自己一个人动手。我们都很易怒，十分情绪化。扎克和烟钱的问题还没解决。在高尔广场与好莱坞的交会口，她沮丧地重重捶着仪表板。我跳下车，穿过车水马龙的十字路口，打算走路回家。

我们这才意识到，我们需要帮助。南斯说，她已经认不出自己了。我也忧心忡忡。南斯联系上了西好莱坞当地的家庭治疗师莉莎。

第一次与治疗师面谈时，我非常紧张。莉莎专门建造的工作室位于她家花园深处的一棵金橘树下，紧挨着一汪锦鲤池塘。她在工作室里放了一只水壶和各种各样的茶包。沙发靠背上盖着一条柔软的毯子。我把毯子披在身上,小心地不让它靠近南斯。我知道她肯定会担心,最后一个盖过这条毯子的人是谁。

莉莎把我们的事情写在了一张黄色的便笺纸上,透过眼镜盯着我们,仿佛我俩是素描课上的模特。看来她不仅需要倾听,还要对我们进行一番审视。我让南斯先开口,自己负责补充。

故事要从扎克背离大家一致认同的现实开始说起,毕竟这是一切的催化剂。我们每次都会从这里开始,然后直奔主题。几个月来,在类似的会面舞台上,主角始终是扎克。我有时也想聊聊其他的事情,问问如果扎克离开家,我们的家庭还会不会挣扎,会不会过分强调"闹翻"及其后果。我满心戒备。如果南斯和莉莎赞同某种我不赞同的观点,我就会感觉遭到了欺负和霸凌,认为是她们联起手来和我对着干。

尽管我会努力克制,却还是想要追踪扎克的动向,查看他的脸书、电话和银行账户。据说和扎克拥有相同诊断结果的人中,50% 会试图自杀,15% 会成功。促使我紧紧看住他、紧到我们都无法呼吸的正是这项数据。我们都在拼命地抓着对方不放。

莉莎和南斯试图告诉我，无论如何警惕，都无法拯救或修复我的儿子。他有自己的声音。他需要重新找到它。

距离扎克第一次确诊已经过去了两年。最近几个星期，我们也有过转瞬即逝的美好时刻，一些令我备感珍惜的时光。戴尔回家时，兄弟俩喜欢在餐厅的地板上摔跤。若是扎克想唱歌，戴尔就弹起吉他伴奏。扎克以工读生的身份返回加州大学洛杉矶分校后，家里更是充满了欢声笑语。他状态好的时候还会回大学上课。

他仍在努力寻找改善情绪的方法，按时起床，做回曾经的自己。"小扎，我们谁也无法成为过去的自己。"我告诉他，"时间和经历会改变所有人。"

我知道这是真的，但我也知道，两年前的"好"和现在的"好"截然不同。现在的"好"意味着做一个顺从的病人，意味着对自身疾病表现出深刻的洞悉，意味着接受诊断结果，接受"障碍"，接受"疾病"，接受所有用来形容他的简化词汇，接受药物、医生、诊治和疗法。

"好"意味着他必须逐渐接受自己的"病人"身份，

同时意味着我也必须欣然去包容、去接纳。我听到自己
在打电话、赴约看诊、申请福利、处理医疗保险时总是
重复这样的话：*我的儿子有精神疾病，严重的精神疾
病，持久的精神疾病。我的儿子患有非特异性精神障
碍、分裂情感性障碍、偏执型精神分裂症。* 这些话在我
听来还是很不舒服，令人全身无力。但我不知道怎样才
能摆脱困局的网，又不会落入大海、在没顶的海水中艰
难前行。但我会成功的。我一定能够学会。

扎克又约了一位新的精神科医生，要求医生评估
他是否患有注意缺陷障碍，并为他开具处方药阿德
拉——一种基于安非他明的药物。学生们经常会在聚
会或参加考试、提交论文前相互兜售这种药物。吃了阿
德拉，你轻轻松松就能熬上几个通宵。那是期末考试周
之前的一个周五。扎克说他要复习，得服用阿德拉来帮
忙集中注意力。抗精神病药物具有强大的镇定作用。由
于突然戒药会带来痛苦，扎克在不得已的情况下已经开
始重新服药，而且吃了好几次，大多都是在我或医生的
坚持之下。他想要保持清醒，想要参与生活。他感觉阿
德拉能帮助他这样做。

晚上 11 点，一名警官给我打来电话。扎克遭遇了车祸，目前正在加州大学洛杉矶分校的罗纳德·里根医疗中心接受治疗。他无法透露更多的信息。我再次冲向了急诊室。老兵大道已经封锁。我看到了火光。一辆汽车翻倒在地，扎克那辆车的驾驶座一侧遭到了撞击，正被拖走。我无法想象有人能在如此严重的事故中幸存。我满脑子都是阿德拉和那个该死的白痴精神科医生。我的儿子。他可能已经死了，或是瘫痪了。

我随便把车子停在某个可能会被罚款或拖走的地方，丢下车一路狂奔，跑到接待台前报上姓名，解释自己到这里来的理由。

"他没事吧？他还活着吗？"她开始在电脑上查询。每一秒钟的流逝仿佛都生死攸关。我透过紧锁的大门朝着急诊室里张望。

我看到他正躺在轮床的担架上，脖子上套着颈托。前台把我放了进去。"哦，我的天。动动你的手指和脚趾。"我放声尖叫。他动了动。我既想扇他一个耳光，又想给他一个拥抱。

一位医生安慰我说，双方司机都非常走运，只是擦伤。由于扎克的脖子遭到了冲击和压力，建议进行 X

光检查。但他很不耐烦,签了张出院的表格就颤颤巍巍地自行出院了。他说他饿了,想知道快闪汉堡店还开不开门。

"你怎么还吃得下饭?你没被吓着吗?"我问。

"是的,我被吓着了。我需要补充点儿糖分。"他揉了揉脖子。

我的脑袋一阵疼痛,五脏六腑如同一块被拧干的旧洗碗布。我的车子旁边站着一名泊车员。他正在记录我的车牌号码。意识到车子没锁,驾驶座的门还大敞着,他一脸困惑。

"抱歉。"我赶紧说,"我的儿子出了车祸。"他点了点头,说我应该感恩没有接到罚单之类的。但我仍旧困在"战斗还是逃跑"的状态中,只有心慌,没有感恩。

扎克溜溜达达地晃到车旁,仿佛正在度假。"上车。"我说。我自己没有撞车也算是奇迹了。尽管我穷尽一切办法追踪、检查、尾随他的位置,却还是有可能失去他。他差一点儿就没命了。我既生气又释然,整个人心力交瘁。

在维斯特伍德大道与威尔希尔的十字路口上,我提出了那个让我至今仍耿耿于怀的问题。"你是不是吃了不止一片药？那个阿德拉？"

"是的，就多吃了一片。但它能增强我的判断力。我的反应速度更快了。我告诉你，这不是我的错。"

"那是你的想法。你的观点。"

"为什么就没有人相信我呢？"他问。

我想要直言不讳地告诉他原因，但幸亏戴尔的电话来了。

戴尔这个周末回来了，但住在朋友家里。他刚和南斯通完话，正赶去维斯特伍德。我们在快餐店里见了面。我已经好久没有看到大儿子如此憔悴和疲惫了。他的模样让我备感煎熬。我跑进厕所，注视着镜中的自己，发现我也是脸色苍白，面容疲惫，眼神空洞。

第二天早上，扎克的脖子疼了起来，却还是拒绝接受 X 光检查。我决定开车送戴尔返回圣巴巴拉，难得陪他独处一天。关上身后的房门前，我听到扎克告诉南斯，这不是他的错。他试图掉头时，一辆超速的汽车撞上了他。她开始向他解释交规。我决定不去插手，让警察和保险公司来做最后的裁决。我要把今天的时间都留给戴尔，努力向他表明，他在我心中也至关重要。

"我们租辆自行车吧，去吃墨西哥玉米薄饼卷，去看鲸鱼。"我提议。

我心里清楚，由于扎克的缘故，我的长子也会感到内疚，也要承担责任。这方面他并不孤单。和他有着相同处境的其他年轻男女往往会感觉自己成了家里被遗忘的成员，仿佛和确诊的兄弟姐妹相比，他们的问题没那么要紧。

我和另外几位母亲讨论过这个问题。她们表示，家里"健康"的孩子也害怕会像兄弟姐妹一样，被诊断出极端的精神压力。除此之外，他们还会产生一种幸存者的负罪感。统计数据显示，这类家庭中"健康"的兄弟姐妹情绪低落的可能性是其他人的两倍。

戴尔主动要求开车。他单手握住方向盘，将座椅向后推，为两条长腿腾出空间。我没有像往常那样心不在焉，目光停留在他棱角分明的下巴和布满雀斑的鼻子上，内心一阵激动。车子沿着 101 号公路向北行驶。景观逐渐变得摇曳不清，愈发荒凉。宽阔的高速公路让我鼓足勇气，开口说道："对不起，扎克的困境掩盖了你遇到的问题。是我太专注了，没有注意到。"

戴尔一言不发，过了许久才开口。他没我这么冲动。在扎克的问题上，这个特质大有益处。他能聆听弟弟的话，不用接受什么正式培训也能理解他的意思。

"没关系。"他回答，"我懂。我现在是个大人了。"

车子驶过了卡布里洛。戴尔喜欢在这里冲浪。我面朝崎岖的海岸线，眼前的太平洋如同巨幅的蓝色画布。海岸边棕榈树林立。翱翔的鹈鹕来回穿梭，俯冲下来捕食海鱼，但这些都不是我正在思索的事情。我的大脑正在描绘未来，展望画面中没有我时两个儿子的模样。

我想表达的，是对我离开人世后扎克该何去何从的担忧。这是我俩迄今为止一直都在回避却万分紧迫的问题。戴尔就像一个能够善解人意的超人。他安慰我："没事的，妈妈。昨晚过后，我就知道我无法取代你。我不可能成为主要照顾扎克的人。这对我来说压力太大了。"

"我明白。"我对他能够诚实以告表示了感谢。

"我会尽我所能。"戴尔说。他叹了一口气。他经常叹气——是那种发自内心、掷地有声的叹息，透露着独有的悲哀。

戴尔把车停在了自行车租赁店门外的人行道上。我们借了两辆沙滩车胎的自行车，并排朝码头骑去。

"你看。"他指了指。我顺着他的食指望去。远处的海面上，一圈圈泡沫和浪花喷溅向空中。"我觉得那是座头鲸正在前往墨西哥的路上。"

我停下自行车，双脚踩在地面上。戴尔也一样。我俩站在一起，看着眼前这幕神奇的景象。那个远离我们母子谋生之地的国度。当鲸鱼不再钻出水面、喷出水柱，我笑着捏了捏戴尔的肱二头肌。

"哇。"我们异口同声地感叹道。

戴尔今天的气色好多了。他的目光扫过海浪，双眼在阳光下闪闪发亮。

"晚些时候我可以把冲浪板拿出来。"他告诉我。

"我很高兴你有水可玩，大戴。多加小心。"

意外发生后的那个星期，南斯无法赶回洛杉矶，只有我一个人前去接受治疗。我把一切都告诉了莉莎——阿德拉、车祸。她让我思考我最害怕的事情：扎克会先我一步离开人世。我是哭着回家的。睡着后，我还梦到自己在寻找他，跟随他电脑游戏的哔哔声，从一个房间跑到另一个房间，呼唤着他的名字。

第九章
新年湾

2014 年冬

　　一切都在稳步发展，可当我不再停下来盘点时，才意识到局势居然发生了改变——朝着更好的方向改变。如今 24 岁的扎克已经很少会在夜里把我吵醒。他似乎不那么害怕了，也不那么孤独了。他可以忍住不早起反复淋浴（我后来才发现，这是他用来掩盖刺耳噪声的方法），晚上也不会频频突袭冰箱了。事实上，他的夜间作息已经逐渐变成了日间作息，行动也变得更加自如。他又重新开始定期刮胡子、刷牙了。

　　"塔塔，别抱太大希望。"南斯说。

　　"是的，当然不会了。"我回答。但我已经向被我抛弃的上帝发去了感恩的简短祈祷。

　　我这些天忙得心不在焉，但这样的忙碌是很有用的。我们决定把家里楼上的一整层都放到爱彼迎网站上，赚取一些额外的收入，帮忙支付日常开销。我会购买早餐食材，更换床单，擦洗硬木地板，迎接客人，为他们讲述这座房子的故事。这样一来，我的日子也有了责任与计划。

扎克也开始迎接新的挑战，重新入读了加州大学洛杉矶分校。这一次他上的是继续教育学院。他在主校区的学习断续了许多次，因此要想继续获得资助，至少必须有一门课程拿到及格成绩 C。除了学习，他还主动申请成为某研究项目的研究对象，通过体育锻炼和电脑游戏努力改善认知能力。学院为他提供了一台平板电脑，让他以电子的方式记录每天的运动量和运动类型。他还需要达成一些目标。电脑游戏可以测试他的反应能力、记忆力和认知反应。

"我喜欢这个项目。"他快步走进厨房，用屏幕上的图表向我展示他第一周的有氧运动结果。

我也喜欢这个项目，每天都要看着他起床，目送他坐上前往维斯特伍德的公交车、自愿去参与项目活动。他整个人都好像变得更温柔、更和善了。

我明白，他现在掌握了更多的自主权，肯定会想要找人分享内心深处的感受，拥有一段有意义的恋情。从扎克很小的时候起，女朋友就是他生活和身份的重要组成部分。高中和大一期间，找女友对他来说从不是什么麻烦事。在20岁出头的年纪就要努力去理解发生在自己身上的事情（及其原因），会让他产生孤独感——标签、体制、与主流的分离也会产生同样的影响。女朋友将成为一种肯定、一种认可。二者都是扎克所渴望的。

除了是加州大学洛杉矶分校的学生和项目研究对象，扎克还参加了郡县政府的一项保障性就业计划，在食堂里为无家可归的人切菜、煮饭。只要我有空，手头没有太多别的事情要忙，都会去接送他。

一天下午，他下班后和卡洛斯一起离开了工作地点。卡洛斯出生在危地马拉，也被诊断患有精神分裂症。两人一拍即合，很快就成了相互信任的朋友，休息日还会一起冲浪。卡洛斯告诉扎克，他咨询的一位精神科医生给他开了正分子药物。

正分子疗法会使用高剂量的天然维生素和补充剂。"正分子"一词由美国化学家莱纳斯·鲍林在20世纪60年代创造，意思是"正确数量的正确分子"（在希腊语中，ortho意为"正确的"）。正分子医学的支持者认为，治疗必须基于每个病人的个体生物化学特性。这仍旧属于一种科学模型，还不属于能以不变应万变的思想体系。

尽管正分子方面的医生少之又少，我们还是设法在圣巴巴拉市找到了一个实践这种医学形式的人。他为一种名为 ProFrontal 的补充剂申请了专利，认为它可以增强大脑中的 NMDA 受体（人们认为 NMDA 在认知和心理功能中能起到关键作用）。我们在网上订购了一些补充剂。它由肌氨酸和 N-乙酰半胱氨酸制成。肌氨酸含有硫黄，闻起来像是臭鸡蛋和烧焦的火柴，但扎克愿意一试。我想为扎克预约这位医生，但他几个月前就已经约满了。

由于无法有幸接受单独的面诊，我们参考了卡洛斯的医生为他开具的维生素和矿物质清单，大量订购了上面列举的一切。烟酸让扎克的脸色像甜菜根一样红，但这应该是正常的。ProFrontal 似乎有助于他集中注意力。这套方案包括维生素 B、维生素 D、锌、镁和定量的鱼油。我帮扎克划分好剂量，心中又燃起了希望。

我们在客厅里陪贝尔玩耍时，他向我坦白了内心的感受。

他的话是如此鼓舞人心，以至于我想把它们一一捕捉下来，放进吊坠挂在脖子上，或是塞进一只红色的丝绒钱包，握在手中永远不放。

"我真的感觉好温暖，存在感更强，这里也更清晰了。"他用手指了指前额。我抱住他，亲吻着他指出的那个地方。我在笔记本上记下，要订购更多的补充剂，也许可以批发，还要为网站写封推荐信，告诉我在这世上认识的所有人，以防他们需要，或是认识任何现在、将来可能需要这些东西的人。

几个星期后，扎克声称补充剂离开过他的视线，可能被人动了手脚。除非他能订购用锡箔纸单独包装的药剂，每天去综合药房取药，否则就不愿继续服用。这是不可行的。补充剂不是药房配置的。我努力恳求他，想帮他明白其中的道理。

"你可以把药放在你的房间里、背包里，甚至是随身带着，如何？"可他心意已决，无法被说服。我亲爱的儿子，他以前就拥有固执的天蝎座所有的特质。这证明南斯是对的，我不能抱太大希望。在这场摆脱困境的舞蹈中，我们始终只能走一步算一步，无论如何衡量事情的进展，都有可能瞬间被击落。

卡洛斯的妈妈是替代疗法和纯素饮食的拥护者。她推荐我们去看卡尔弗城的一位综合医生。此人的专长是药物遗传测试。他认为精神疾病是由大脑炎症引起的，给扎克开了一些抗生素。短时间内，扎克的情绪似乎不那么低落了，但医生还是想对他的大脑进行核磁共振检查，看看能否发现什么。什么也没有。

这位综合精神科医生测试了扎克的唾液，结果显示MTHFR（亚甲基四氢叶酸还原酶）双重突变。据医生所说，这种基因型使扎克患精神病的概率略高，意味着我和戈登都携带了这种突变体。从某种意义上来说，这终究是我们的错——如果你相信功能医学，那就是这么回事。

医生给扎克开了甲基叶酸补充剂，并建议我也服用。传统医学视功能医学为庸医，但到目前为止，一切有关脑损伤模型的东西都对我们不起作用。这种测试可靠与否，我无从知晓，但无论如何，其治疗方法是比较温和的。何况它还拥有我想要紧紧抓住的某种有形之物。"我的身体里携带了一个突变体"——一句拥有13个字的话。我现在和扎克更像了，而不是更不像了。我也在吃同一种会让尿液变成明黄色的药，这就是证明。

我知道扎克有许多事情没有告诉我。他害怕我的反应，害怕说出来会导致他再次被送进医院。有时我们会试着禁食、喝果汁，尝试各种各样的方法。有时我们会失去耐心、大失所望。

针灸师卡洛琳来探望我们，为我们祈祷，以防我们招来恶魔。她的语气像在开玩笑，但我们清楚这不是游戏。扎克跪下来，恳求天使遏制住他脑海里的噪声。我也手脚并用地跪下来，在落满灰尘的硬木地板上祈祷，祈祷扎克能继续有所好转，像艾琳·萨克斯和卡洛斯那样掌控生活。我强调了"掌控"这个词，因为它和曾经用来定义扎克的其他词汇不一样，含义是积极的。专业人士告诉过我，分裂情感性障碍或精神病是无法被治愈的，但可以被掌控。我讨厌前半句的说法，因为它只提到了障碍、疾病和条件，但掌控的理念是极好的。我喜欢掌控。南斯就是善于掌控的人。我们都想掌控自己的生活。

2015年的夏天即将走向尾声之际，扎克告诉我们，他想尝试离开家，独立生活，依靠同龄人和专业人士而非我们。这是成熟与独立的标志。几年前，我还以为这是不可能的。

　　"生命之家"是圣费尔南多谷在建的一个住房项目，主要服务于无家可归者，但据说其中有三个单元将留给正处在极端精神与情感状态的人。要找到政府援助项目的保障性住房并非易事。我知道我们有多幸运。扎克将在一栋公寓楼的三楼拥有属于自己的卧室、厨房、客厅和浴室，还能使用洗衣房、屋顶花园和公共活动室。一周五天，这里白天会有一名社工工作，晚上则有经理值守。他的公寓里应有尽有，包括一台电视。

　　为了让家更加完整，他从当地的动物收容所里领取了一只混血的孟加拉猫，为他取名理查德·帕克。我们并不明白这个名字的意思。理查德·帕克是《少年派的奇幻漂流》中那只孟加拉虎，曾陪伴人类主角皮辛一起度过风暴。谁也不知道这只老虎是否真的存在，或者只是皮辛的想象，是仁慈上帝的体现。但无论他是谁，都帮助皮辛活了下来。

　　扎克搬了进去。我们一起动手，在他的橱柜和冰箱里塞满了食物。他真的有了可以终生居住的家，或者至少想住多久就住多久。稳定的住房对每个人来说都至关重要。

　　"我的儿子过得很好。"我告诉所有人。这是真的，他过得很好。

他开始认真地寻找女友，在约会软件上认识了一个名叫萨瓦纳的女孩。她是大学毕业生，在洛杉矶的音乐行业实习。她的家族有着罗曼什吉卜赛人的血统，定居在得克萨斯州，一年中总有一段时间居住在巨大的拖车里，家族规模更是庞大。一天晚上，扎克把车停在我家门外，害羞地向她介绍了我们。我很快就喜欢上了这个姑娘。她穿着自己缝制的上衣，把布料剪成条，露出肩膀。她的化妆技术十分专业，睫毛卷翘得直冲云霄，眼皮上的粉色和淡紫色看起来宛若忧郁的斜阳。她自由奔放、心胸开阔。我很高兴扎克找到了一个充满激情且富于冒险精神的人。

我们一起去蒙特利海岸露营时，两人的关系还处在初期阶段。戴尔和扎克在沙滩上摔跤，南斯在搭建帐篷，萨瓦纳和我沿着水边散步。她向我问起扎克的事——扎克把自己的经历告诉了她，但没有详细说明。我不想吓坏她，却也不愿意欺骗她。这些话应该由扎克来说。也许在爱与陪伴的奇迹下，他能有蓬勃生机。我相信每个人都能找到合适的伴侣。一段感情也许真的有助于治愈他的痛苦。过去不应该左右未来。我愿意支持他们共同发现的恩赐。萨瓦纳比 25 岁的扎克年轻，只有 21 岁。

几个月后，扎克搬离"生命之家"时，我们一度忧心忡忡。毕竟我们费尽千辛万苦、克服重重困难才为他争取到一席之地，但他却想搬去和萨瓦纳同住。他们想要一起生活。萨瓦纳在西好莱坞为两人找了一处不大的住所，位于小镇的一片繁华地带，距离酷酷的餐厅、古董店和著名的好莱坞老农贸市场只有几步之遥。

2016 年早秋，两人搬到了一起。他的脸上又恢复了笑容，穿着时髦的衣服，精心打扮自己，还会带萨瓦纳出去吃饭。她会为他的衣着和发型出谋划策。他会弹着吉他为她演唱小夜曲。两人的眼神都散发着明亮的光彩，在一起时充满了欢乐，有着两个年轻人承诺共度人生时应有的样子，充斥着爱的荷尔蒙。

我和南斯花了几个月的时间考虑搬去北加州。这样离南斯的办公室所在地旧金山更近一些，也更靠近南斯生病的母亲芭布。而且正如歌里唱的那样，我把心留在了那里。北加州的景色更加绿意盎然，气候也比较凉爽，很像英格兰的海湾地区。由于扎克的过分依赖，我内心十分纠结，总想做好一切准备，因此一直没有机会搬家。但现在似乎是时候尝试一下了，是时候让扎克自由地去过他的生活。我也可以努力经营自己的日子。

每逢周末，我都会北上去找南斯，而不是等她返回洛杉矶的家。我们开车在旧金山南部的郊区转了转，寻找可以盖上一座小屋的地皮。我们知道自建独立房屋要应对许多繁文缛节，但这并不妨碍我们在 17 号高速公路旁指着列克星敦水库上方点缀的山间别墅，畅想一种截然不同的生活。

"最好是能背靠葡萄园或州立公园。"南斯说，"这样就不会有人在我们上面盖房子了。"

我在克雷格列表网站上看到了一则广告：圣克鲁兹山上有一座 450 平方英尺的红木小屋。也许租房更适合我们，至少在最初确定方向时是这样的。

南斯利用午休时间去那里看了看，下山的路上兴奋地给我拨来视频电话。她把电话举出窗外，好让我看到周围茂密的森林和木屋通往主干道的蜿蜒道路。

"塔塔，你会喜欢这里的。这里距离我的办公室只要 20 分钟。"

"这条路看起来好危险。"说实话，不知道我能否鼓起勇气在这条路上行驶。

"你会没事的。"她告诉我，"慢慢开就好。晚上开车更容易一些，因为你能看到其他车子的车头灯。其实我觉得这里不太可能堵车。山上的住宅很少。这是一个重大发现。你会喜欢房主的。西蒙是个科学作家，凯瑟琳是个艺术家。我觉得我们应该赶紧把它拿下。"

我第二天就亲自飞过去考察那座小屋。屋子建得十分精美，高挑的天花板令空间看起来分外宽敞，睡觉的地方位于上层。屋里只有部分家具。木屋最初建于1850年，是为留宿森林的伐木工修建的。目前的房主二人都是科技产业的退休人员。这处20英亩的房产是夫妻俩10年计划的一部分。在小屋和另一座翻新的附属建筑旁，他们还修建了自己的住所。

那里名为"湖景鸟类农场"，居住着一群获救的动物：一只名为达科塔的美洲驼、两只羊驼弗兰克和欧莫尔、四只海峡岛山羊（出于某种原因，它们全都叫玛丽）、四只狗、八只猫、一只名叫萨西的鸸鹋，还有满满一窝小鸡，以及一只名叫幸运的小公鸡。

西蒙带领我们穿过一座吊桥，前往他建造的树屋。这让我感觉自己非常勇敢。"我喜欢这里。"我告诉南斯。离开前，我从一只巨大的铁箱里拿了些谷子喂给欧莫尔，嘲笑它咀嚼的样子和露出的黄色长牙。我想象着住在这里会是什么样子，想象着睡在山间小木屋的顶楼。我小时候最喜欢的故事书就是《海蒂》。她住在祖父的阿尔卑斯山小屋阁楼里，睡在一捆干草上。

"如果你想要，它就是你的了。"凯瑟琳解释道。

"我想要。"我告诉南斯，一种兴奋感温暖了我的腰腹。我们签了一年的租约。南斯写好了支票，支付了定金。

"考虑到我们在洛杉矶还有责任，我觉得租房是正确的选择。"前往机场的路上，我说，"这样我们就能知道自己能否应付山地生活。"

我告诉扎克和萨瓦纳，如果他们需要，我开车5个小时或是乘飞机50分钟就能赶到。这在美国人的旅行距离范围内根本不算什么。我知道，由于洛杉矶的房子还在爱彼迎上继续出租，我肯定要经常往返于两地。我雇了一名清洁工、一名园丁，还有一个负责在周四晚上把垃圾桶推出去、周五早上再拿回来的人，然后在家里囤上了客人所需的一切。作为"超级房东"，我还是会继续监督房子的租住情况——这是爱彼迎社区授予我的头衔，以表彰我的出色表现。我会坚守这份肯定，毕竟它是对我工作的赞扬。

我们把家里的东西一点点从洛杉矶的房子搬去了山上的小小庇护所。

"这不一定要是永久的。"面对生活的剧变，看到我对远离洛杉矶和扎克感到忧心，南斯提醒我，"我们先看看情况如何，随时可以改变主意。"

在这个条件下，我逐渐融入了新的生活。在附近散步仿佛步入一首田园诗。我可以一直爬到山顶，途经马厩、葡萄园和远离大路的百万豪宅。

但我还是想念扎克，经常查看手机。山里的信号接收条件不太理想。不过自从生活中有了萨瓦纳，他就不怎么和我说话了。我试着把这看作是一个好兆头。他已经转为通过伴侣来满足自身的情感需求，而不是我。是时候甩掉曾经被我紧握不放、如今已经所剩无几的东西了。

虽然北加州距离洛杉矶只有 350 英里，四季却更加鲜明。这一点我们迟早会有亲身体会。时逢雨季，树木会被连根拔起，堵塞山路；漫长而又炎热干燥的夏季过后，火灾频发的季节又会引起我们的高度警惕。

我努力为自己塑造着新的身份，摆脱昔日忙碌的洛杉矶日常生活，步入红杉下节奏缓慢的秋夜，手捧高汤和热葡萄酒，坐在南斯下班回家后点燃的炉子旁，看着她拨旺炉火。

我在圣何塞附近的一个心理自助组织里认识了几位母亲。她们每周都会沿着洛斯加托斯小溪的步道散步，并邀请我们加入。她们很快就成了我的亲人，加入了我不断壮大的家庭。她们理解我的战斗伤痕，因为她们的身上也留着同样的伤疤。在大自然中聊天、散步永远是我的良药。正因如此，虽然我还没有意识到，但一颗小小的想法的种子已经开始在我内心最黑暗的地方慢慢发芽、寻找着阳光。

我又重新开始关注北方的象海豹了。它们栖息在太平洋西北海岸，与居住在阿根廷和加拉帕戈斯群岛的南方象海豹截然不同。这些会潜水、会游泳、爱打架的巨型鳍脚亚目动物就像冬季的云杉，蛰伏在我的脑海中。搬进小木屋后不久，我在网上稍微搜索了一番，发现自20世纪50年代以来，新年湾就是象海豹的繁殖地。它位于洛斯加托斯西南，开车 45 分钟即可到达。

新年湾被州立公园的护林员、讲解员和科学家称为阿诺湾，是当地的冲浪点。资深的冲浪者喜欢在那里的岩石间穿梭。它也是众多沿海鸟类的避难所。其中一些鸟类已被列为联邦濒危物种。相比我初次看到象海豹的皮德拉斯布兰卡斯崎岖的中部海岸栖息地，这里距离公路更远，但比海峡最北端、全球最大的海狮和象海豹栖息地圣米格尔岛更容易到达。要前往象海豹的主要观测点，就得徒步穿越 3 英里的沙丘。游客必须提前在网上预订导游。

与我 10 年未见的英格兰朋友黛博计划来看望我们。她告诉我，她喜欢在大自然中散步。

"带双结实的鞋，适合在沙丘上行走的那种。"我告诉她，为即将到来的冒险充满兴奋与好奇，"我想带你去个特别的地方。"

黛博到达后几天，我们就出发去了公园。海岸线上随处可见世界各地的游客骑着自行车、摩托车，或是开着软顶跑车、露营车和拖车。这是一条标志性的公路，崎岖不平、狂风肆虐，沿途点缀着州立海滩的露营地。

我曾沿着加州一号公路北段行驶，远赴南斯儿时的家。不过车子在圣克鲁兹就转向了内陆，所以我以前从未冒险走过这段海岸线。坐在丰田普锐斯汽车里，我们伴着震耳欲聋的收音机乐声，跟着"沙滩男孩"唱歌。每路过一处观景台，黛博都会让我靠边停车，拍几张照片发到脸书上。

我们慢慢驶入新年湾时，她的手机电量已经逐渐耗尽，拍下的照片比大卫·贝利还多。在炙热的海风吹拂下，岛上的风光美得令人忘记了呼吸。这里是加州的加拉帕戈斯群岛，海上的塞伦盖蒂，随处可见野生动物的身影——有受保护的，也有濒危的。这里是土狼、山猫、美洲狮、旧金山红袜带蛇和树蛙的家园，当然也是壮观象海豹的家园。

在赶去观赏象海豹的途中，我们小心翼翼地迈上海湾沙滩，凝视着海水撞击岩石海岸。我低头看着脚下的贝壳，又抬头看了看黛博脸颊旁飘扬的发丝。褐鹈鹕叽叽喳喳地潜入水中。我感觉心中洋溢的只有幸福、圆满与感激。如果说这世上有哪个地方会让我渴望故地重游，那就是这里，和南斯、扎克、戴尔一起。

再往前走，来到南岬的观景台，可以看到沙滩上躺着许多只象海豹。它们轻声咕哝着，听起来既像在放屁，又像在吹小号。一名身穿暗红色制服的讲解员站在那里，手里拿着有关这些动物及其行为的图表和视觉材料。

黛博向讲解员借了一副双筒望远镜来观察这些巨型的海洋哺乳动物，我则向讲解员打探起有关它们的内部消息，提出了一系列问题。

"它们多大了？是什么性别？它们每次迁徙后都会回来这里吗？它们有多重？它们的天敌是什么？它们吃什么？那个小家伙为什么看起来脏兮兮的？"

这名身穿红夹克的女讲解员着实很在行，对她的讲解对象怀揣着极大的热情。她从事这行已有十多年的时间。这一点从她饱经风霜的皮肤、烈日下的站姿、对事实和故事的记忆中就能看出。她甚至不需要手中的道具。但不管怎样，她还是与我们分享了照片和数据。

"我们为有兴趣接受讲解员培训的公众开设了一门课程。"她告诉我们，"这是加州最受人尊敬的培训课程之一。"

返回公园入口的路上，黛博拿着我的手机又拍了几张照片。

"你肯定能成为一名出色的讲解员。"她说。

"真的吗?"我问。因为我生来就是个城里姑娘,
一辈子都生活在城市环境中,对海洋生物学一无所知。
我回想起前往泥沼绍森德的那些旅程,回想起曾经无知
地将糖果包装纸扔出车窗,回想起用脚后跟在人行道上
碾碎烟头,还经常去动物园和马戏团。可以说,我没有
任何环保意识。拥有如此罪恶的过去,我怎么能成为一
名讲解员呢?而且我这么做也是出于私心。一切都是为
了我,为了让我试着不去惦念扎克。

"你应该为自己做些什么。"黛博坚称,她站在沙丘
顶部为新年岛拍了一张照片。她知道过去的几年我过得
有多艰难。在某种程度上,我觉得所有人都能从我的姿
态、疲惫的脸色和自然状态下下垂的嘴角中看出日积月
累的压力。

奇怪的是,对自然和环境了解不足造成的不安并没
有影响我,也没有阻止我报名参加培训。我心头挥之不
去的焦虑其实和其他事情有关。这种情绪总是发生在夜
晚,当太阳从圣克鲁斯山上落下,当山谷从扎染般的粉
红色和紫色变成深沉的天鹅绒蓝色,当冬日来临前最后

一丝炙热而干燥的风从阁楼的窗户吹来。

恐惧以一种难以言语的方式隐匿在我的心中。那是一种感觉，让我备受折磨。我等待着，仿佛随时都会有美洲狮扑向我的后背。我害怕做出什么鲁莽之举，害怕距离洛杉矶350英里，害怕我根本就不该待在这里，待在新年湾，或是任何远离扎克的地方。我害怕告诉南斯，我害怕告诉任何人，我就是害怕。

第十章
搁浅

　　不知如何，我竟然设法通过了培训。面对我一遍又一遍地提出同样的问题，导师凯利始终不厌其烦地保持着耐心。在她的帮助下，如今我已经有资格自己带人外出了。我有本写满事实的手册，但它太沉，无法随身携带。于是我用索引卡做了些笔记，同时用照片作为道具。

　　我开始了身为讲解员的生活，我的另一个身份。今天轮到我值早班。我把名牌别在红色的夹克翻领上。上面写着"塔妮娅·弗兰克，博物学讲解员"。制服能让我看上去更加可靠。我的大部分讲解员同事都已从正职工作岗位上退休，对栖息地的一切了若指掌。他们愿意抽出宝贵的时间，为游客解释和翻译象海豹的行为，帮他们发现一些新鲜有趣的事情。他们看起来个个自信大方，至少在我的印象中是这样的。

我与南斯告别时，她朝我露出了微笑。她一直全力支持我去接受培训，为我每一次离开小木屋的安逸、抛开对扎克的关注、敢于南下前往荒凉的公园上课感到骄傲。我没有承认的是，扎克始终不曾离开我的脑海，我也无法摆脱有关他的思绪，在接受她的赞美时感觉自己就像个骗子。

我在蒙特维纳路陡峭的地形上保持低速行驶，遇到房主西蒙正和朋友走在晨间散步的路上，便放慢了车速。他们也向我表示了祝贺，仿佛我正在为地球做什么善事，仿佛环保意识是我工作的首要原因，而非我个人的生存需求。他们不知道，除了扎克之外，我还需要一些可以与南斯谈论的话题，一些不会让她叹息、或是让她的眼神因为倦怠而呆滞的事情。

我沿着太平洋海岸公路行驶，经过遍布海藻的海滩，以及出售馅饼和新鲜果酱的农家商铺。此时距离我们签下租约已经过去了一年多。我不再害怕开车上下山道，也不再害怕往返于17号公路。要知道，这条公路会翻越沿海的山脉和陡峭的斜坡，是全美最危险的道路之一。

穿过横跨瓦戴尔溪的大桥，我看到新年湾的一角在太平洋上探出头来。土地另一边是一座荒岛。那里狂风肆虐，禁止公众入内。

在驶离公路、进入公园之前，我谨慎地遵守着每小时10英里的限速。今天早上前面的车很多。

我必须等待。对一个经常迟到的人来说，我的不耐烦充满了讽刺意味。我想我的这一点应该遗传自母亲。车子一点点向前蠕动的过程中，我思考着时间的概念，想象它如何流逝。想到我花了这么久希望扎克能够找到平静，他却可能得不到，我不禁哀叹。我还在等待一个新的答案、一个新的医生、一种新的药物、一处新的住所、一种新的保险，并期待能够读到有可能突然发生的新改进。

这些日子以来，我一直在期待扎克可以完成学业，找回一部分失去的认知功能，不必服用被他鄙视的大量药物也能生活，找到一些心理平衡。

这就是我的坚持与等待。不知何故，在象海豹保护区的领域里，这似乎是有可能的。一方面，这里是最能让我相信奇迹的地方。另一方面，它也是最能让我接受奇迹的地方。

一名公园导览员从岗亭里探出头,将写字夹板递给我签到打卡。他看起来既疲惫又暴躁。

"有只象海豹跑出来了。"他愁眉苦脸地说,"是只未成年的雄性象海豹,翻越沙丘爬到了湾头滩北边的小路上。"

据我估计,湾头滩距离象海豹这个季节出没的地方至少有两英里远。我也知道,这只象海豹自从两个月前来到这里,肯定还没有吃过东西。何况作为未成年个体,它还太小,无法交配,所以它这么四处游荡一定不是出于繁殖本能的缘故。象海豹储存能量的方式和我妈妈省电的做法一样:谨慎。在格外炎热的天气里,它们喜欢泡在水中。年轻的雄性象海豹可能会进行短暂的模拟格斗,但都不会远离繁殖地。首领们为了赢得统治地位、保护自己的交配对象,移动的频率较高,但剩下的象海豹喜欢待在原地不动,尤其是处于怀孕或哺乳期的雌性,并且会一直等到需要长途迁徙时才移动。

"那里一片混乱。我们只好让所有没有事先预约的旅行团掉头回去。"导览员愁得眉头紧锁。

我以为他会通过无线电向栖息地通报我到达的消息,因为从这里开始,只有后勤人员才能进入。我快步走上 20 分钟就能到达的集结区。趁着游客还没有进入公园，我还有充足的时间。每天陪伴数百名游客在公园中穿梭，就像是一场精心编排的舞蹈。但今天，和那只雄性的象海豹一样，导览员心不在焉。

"你会看到，到处都乱糟糟的。"他焦虑的目光越过我的肩膀，望向朝他驶来的校车，"护林员打电话叫了帕特里克过来帮忙。"

帕特里克是加州大学圣克鲁斯分校海洋动物科学系的主任，也是保护区事实上的负责人。人们经常看到他在海滩上指导研究生。我赶紧把车停好，对这只给公园造成混乱的迷路年轻雄性象海豹感到既担心又好奇。

我沿着通往湾头滩的主路开始步行。在这样的早晨，大海泛着点点亮光，深蓝绿色的海面上漂浮着泡沫。海浪退去时，我能看到通常被淹没在水下的岩石。这些地方存在断层线，为冲浪者创造了不稳定的暗流与高浪。今天早上，不少冲浪者正穿着黑色的橡胶潜水服在水上乘风破浪。

来到滩头湾的拱形木桥前，我加快了脚步。太阳正从老乳品店和马厩上方升起。远处，我隐约看到几个身穿卡其色制服的护林员和一身红装的讲解员。我赶到时，现场已经聚集了不少人。那只雄性象海豹正躺在碎石路上。在这个地方看到它着实有些奇怪。它应该在沙丘上晒太阳，或是和另一只未成年的雄性象海豹在浅滩上模拟格斗。我凑过去，看到了它的长鼻。这是它年龄的显著标志之一。它应该有五六岁了。我可以确定它是雄性。雌性象海豹的鼻子较短，生殖器更靠近肛门。

公园今天的天气很暖，站在海边也不觉得冷。这只象海豹的呼吸十分吃力。它本能地举起一只鳍状肢，把手指插进地面，试图挖些沙子洒在身上降温。但这里没有沙滩，只有石头和柳树。它显然对所处的环境并不熟悉。我为这只显然迷失了方向的巨兽感到抱歉。它身上已经开始大面积脱皮，有些地方干燥得掉屑，新长的皮肤却十分光滑。

我望着它的双眼。它们不像象海豹幼崽那样乌黑发亮，也不像海龟那样苍老泛白，而是介于二者之间。它惊恐地紧盯着地平线，目光来回搜索。

如果它决定扇动尾巴或鳍，我正好就在它的攻击范围之内。通常情况下，我们会被要求与象海豹保持至少25英尺的距离，以防它们决定发起进攻，无意间踩到我们。但另一个原因在于，这里是它们的家园，它们的庇护所——至少理应如此。象海豹在这里拥有通行权。如果它们过于靠近游客的指定路线，护林员就会用绳子、标识和对讲机为我们重新规划路线。按照法律规定，保护区必须在自然栖息地范围内赋予动物不受人类侵扰的生存空间。

但我有时会为这个定义感到困惑。尽管我们的垃圾有人清运，除了少数几名科学家，谁也不允许到海滩上打扰动物，但我们就在这里，足迹显而易见。保护区的人流量很大。众多游客在未被破坏的土地上穿梭，不停按动相机。他们的孩子兴奋地推搡叫嚷。还有像帕特里克及其学生这样的科学家，他们会在游览开始前早早赶到，安静地为动物们称量体重、测量身形、抽血，在它们的脑袋或鳍状肢上安装跟踪器。如果实验需要，他们还会给象海豹实施麻醉。这些动物的生活在很多方面都十分神秘，我们对其总体情况又知之甚少，因此觉得它们颇具吸引力。新年湾是建立在我们的好奇与恐惧之上的。所以我的内心非常纠结，一方面想要了解有关它们的一切，另一方面又想知道人类为何不能放过它们。

目睹这只未成年雄性象海豹的困境，与它保持着迄今为止比任何象海豹更近的距离，我为能够获准进入这个观察者的核心圈子感到荣幸。尤其是因为，与帕特里克和其他讲解员不同，这是我上任后的第一个季度、第五或第六次带团。一般来说，体型巨大的象海豹不会像水牛那样横冲直撞，或是像美洲狮那样悄悄偷袭。这样的温驯曾让它们几乎惨遭灭顶之灾，而且不止一次、两次，而是三次。这段历史、工作人员的数量和公园的规章制度给了我一种表面上的安全感。但我害怕这只象海豹会像大自然一样失去控制。我没有能力控制一只身形庞大的海洋哺乳动物，就像我无法操控海啸。这些野兽在沙滩上的移动速度可达每小时5英里。也许作为人类，我们喜欢感觉受到威胁，哪怕只有一点点。因为当帕特里克要求我们保持警惕、后退几英尺、必要的话随时准备逃跑时，在场的人纷纷睁大了双眼，紧张地看着对方。

帕特里克告诉我们，据他所知，这是象海豹远离群体其他成员最远的一次。他也不知道是什么促使这个青少年误入歧途，或者什么能够诱使它返回。毕竟帕特里克不能在这个大家伙的鼻子前摇晃一条美味的鲜鱼或鱿鱼，鼓励它迈步。它正处于彻底禁食的阶段。这一点和我一时兴起的节食截然不同，毕竟一阵饥饿的阵痛和暂时的脆弱就会让我开始在冰箱里翻找食物。

尽管在科学技术方面学富五车，但帕特里克还是被难住了，如同舞台上的单口相声演员或马戏团小丑，只能即兴表演。他将一只粗壮的手臂举过头顶，弯曲手腕，模仿着象鼻的样子，喉咙里发出摩托车引擎般的嘶吼声，呼唤着小象海豹，引得围观者哈哈大笑。象海豹笨拙地向前挪动，重约1100千克的庞大身躯震颤着地面。

栖息地的广播里传来了消息，要求讲解员前往游客集结区集合。待我们集合完毕准备执行任务，志愿者协调员克里斯滕显得忧心忡忡。"那只象海豹可能是心脏病发作。"她说，"我们必须表现出一切正常的样子。"我惊恐地意识到，演出必须继续，我们必须假装一切尽在掌握，知道自己在做些什么。我们被告知千万不能提起那只迷路的雄性象海豹正被困在离家几英里的地方。

"塔妮娅，你能接手下一个学校团吗?"克里斯滕问我。

"我还没有接受过学校团体的接待培训。"我告诉她，担心如何才能管住一群毫无纪律的四年级学生，同时掩饰对搁浅象海豹的担忧。

"我觉得你能做好。"她回答，然后挥挥手让我离开，好集中精力安排公园的游客使其保持流动，为特殊团体重新安排交通线路，大体上确保迷路的未成年象海豹不会成为一项奇观。

我在集结区见到了我要带的学校团。看到他们除了老师还有三名家长陪同，我松了一口气，不禁想起扎克像他们这么大时戴着眼镜、满眼好奇、身材矮胖的样子。我在人群中看到了一个和他很像的男孩。他非常害羞，身材比别人矮小一些。他带了自己的双筒望远镜，把它紧紧抱在胸前。

我挺直了身板。如果有必要，我可以假装权威。我请带团的老师清点了人数，尽量不去摆弄手中的笔记或是袖口和拉链。我听到公园的导览员告诉孩子们，要始终跟在我的身后，聆听我的讲解，不能嚼口香糖，不能吃糖果，也不能攀折路上的任何植物。让别人来宣布这些规则对我很有帮助，能塑造我的领导者角色。

我们出发了，迈着稳定的步伐来到第一个转角处观测灯塔、倒塌的塔楼和岛上年久失修的饲养员宿舍。我解释称，这里曾多次发生沉船事故，所以才竖起了灯塔。佩斯卡德罗的鸽子岬有一座灯塔，圣克鲁斯也有一座，但都无法覆盖新年湾的海岸。这里的灯塔最初建成时安装的是雾灯。

孩子们七嘴八舌地询问谁住在灯塔看守员的房子里，我们能不能过去。我告诉他们，灯塔已经废弃，只有科学家才能获批上岛研究。而且尽管它从这里看过去令人兴奋，实际上臭气熏天，遍地都是鸟屎。我还向他们透露了一件鲜为人知的事：那里的浴缸里躺着一只海狮的骨架。那家伙肯定是爬进去就再也出不来了。

我没有告诉他们的是，灯塔看守员是为了营救遇险船员溺水身亡的，而他的妻子只能在岛上无助地看着。我也没有提到搁浅的象海豹，虽然他现在是我关心的头等大事。

"1603 年，西班牙探险家塞巴斯蒂安·比斯凯诺在探索加州海岸时发现了这片陆地，将它称为'Punta de Año Nuevo'。有谁知道该怎么翻译？"我问他们。

"新年海岬。"那个学究模样、长得很像扎克的小个子男孩暂时放下手中的双筒望远镜答道。

他说对了。我表扬了他。

走下沙丘的途中，我在水坑里看到了一只成年的象海豹，意识到我们与它的距离不足规定的 25 英尺。这不算理想，但我不想打断护林员或公园导览员正在处理的事情。

"快走，快走。"我对孩子们说。但孩子们并没有听从我的指挥飞奔离开，而是纷纷放慢脚步，停下来拍照，有人还录了几段视频，仿佛这只"怪兽"对他们施了催眠的魔咒。我本该更加严厉，但我观察着、等待着，揣度着象海豹的肢体语言。它侧卧着身子打着呼噜。我相信我们都能活着走出公园。我心中的那点焦虑，身体感受到的轻微刺痛，不过是一种低强度的兴奋，是工作带来的满足。

放眼环视这座"侏罗纪公园"里的自然景观：崎岖不平的山脉、翼手龙般的鹈鹕、笨拙迟缓的象海豹。我为自己能够身处这里，这个可能在另一个时间、另一个时代、另一种生活中永远无法见识的世界感到微不足道。

孩子们询问象海豹能潜多深。我指了指身后的山脉作为对比，称他们的平均下潜深度和最高的山峰一样。我从夹克衫的口袋里掏出一只塑料袋，拿出里面的一片象海豹皮毛和一根象海豹胡须，供大家传阅。我还给大家讲了成年的雌性象海豹菲利斯的故事。据追踪，它游到了日本海域，比以往任何一只象海豹游得都远。还有TS的故事（这个名字是"马桶圈"的意思）。这只可怜的象海豹被发现时，脖子上套着一只货船马桶圈。它的名字后来变成了TS·艾略特，因为大家觉得"马桶圈"不大好听。

"马桶圈被割断后，它恢复了自由，实际上还成为一名领袖。"我介绍道，"它每年都会回到这片海滩。讲解员们都认识TS，因为它的脖子上还留着一圈伤疤。"我喜欢这个"从此过上了幸福生活"的故事，喜欢TS历经千难万险、依然登上了顶峰的经历。

这个故事似乎并没有给男孩们带来什么启发。重新爬上沙丘的路上，他们一直在推推搡搡。女孩们则用手机听着音乐，互相交换着耳机，咯咯直笑。回到集结区，我挥手目送他们离开，看着那个和扎克很像的男孩落在队伍后面。看来他也是个独来独往的怪人。

尽管知道这里没有信号，我还是习惯性地看了看手机。我开始寻找帕特里克，想知道那只未成年的雄性象海豹是否已经回到了海滩。因为我遍寻不到象海豹的影子。

"你知道那只搁浅的象海豹怎么样了吗？"离开时，

我询问岗亭里的工作人员。

"我听说它正沿着某条特殊通道返回海滩。有人看到它在抱子甘蓝地里休息呢。"他们告诉我,"我们知道的仅此而已。"我觉得这还不足以令我满意。象海豹不属于抱子甘蓝地。这个结论不妥。

回到达文波特,我刚有信号就接到了萨瓦纳打来的电话。

"扎克停药了。他要么蜷缩在毯子下面,要么眼神呆滞。"她告诉我,"他早上不想起床去学校上课,也几乎不怎么吃东西,而且不想让我告诉你。"

我试着把注意力集中在路况上,胃里却感觉翻江倒海。我本打算去斯旺顿·贝利农场买块司康饼、喝杯茶,结果径直开了过去,耳机里充斥着萨瓦纳带着得州口音的响亮声音。

"他愿意和我说说话吗?"我问。

"不愿意。他也不愿意和医生说话。"萨瓦纳解释道,"他只有上厕所的时候才会起床。而且除非我把自己的食物拿来与他分享,否则他就不吃不喝。如果我想吃别的,或是只想一个人独享,就会引发争吵。"

我一直担心的事情终于爆发了，一场在我脑海深处的风暴正在盘旋，压力越来越大。我感觉两耳之间的风速逐渐加快，想象农场上的动物也能察觉到天空正在开裂。它们会撤退到谷仓里躲避。天色即将变暗，红杉林上空马上就会电闪雷鸣。

对扎克而言，这可能反而是一种奇怪的释放，一种我无法完全理解的释放。他曾经告诉萨瓦纳，服用处方药会让他的内心麻木，仿佛他已经死了。如果他感觉自己已经死了，那就有可能真的已经死了。发病至少是有感觉的。尽管这种感觉往往十分极端，但起码他还能知道自己活着。

待身体里的风暴终于平息，我的震惊却远远抵不过心中的悲哀。还有愤怒，无处发泄的愤怒。我从萨瓦纳的声音中听出了疲惫。和我相比，年轻赋予了她更加充沛的精力，恋爱赋予了她希望与梦想。我知道眼下的状况对她十分陌生。新鲜与新奇逐渐消失的那一刻，她很有可能会转身离开。

我不想让她离开，我需要她。她给了我喘息的空间，一个去做另一个我的机会。我问她有没有和父母谈过，想知道我是否该试着向他们解释，他们 21 岁的女儿不得不应对的局面对年长她 30 岁的我来说都是举步维艰的。

萨瓦纳曾告诉我，她一直在努力解决别人的问题。作为家中四个女孩里的老大，她是最聪明的一个，不仅学业出色，和朋友出去聚会时还是大家指定的司机。她以为她能帮助扎克，强迫他服药，因为他爱她。我在她身上的很多方面都看到了自己。我们都是心胸宽广、喜欢治愈、成功欲过盛的人。

我让她保持联系，随时通知我，并保证自己的安全。我还主动表示，如果有必要，我可以飞过去支持他俩，但我感觉自己已经在这样做了。

我和她道了再见，告诉她我爱她。我的确爱她。在扎克交往过的所有女朋友中，这个女孩的身上有种让我想要保护的特质。我觉得这是因为我了解她的痛苦。她和扎克曾经的女友不同。她的爱似乎更加真诚，更加慷慨，真挚。那是一种强烈的、已成习惯的情感，如同母爱。接下来的几年，我经常收听克里斯塔·蒂皮特的播客《存在》。她采访了一位前临终关怀医生，探讨死亡与爱的主题。我得知，浪漫的爱情是从母亲对孩子的爱演变而来的。从根本上说，这是我们所有人都在实践的移情，不管我们是否是对方的亲生母亲。我们中有些人可以更容易、更自然地接受它。在我的印象中，萨瓦纳就很适合这个定位。我之所以爱萨瓦纳，是因为扎克爱她，也因为我想证明这个世界是错的。我想高举愤怒的拳头，向它证明扎克和艾琳·萨克斯一样，可以维持一段浪漫关系，而且他还有许多东西可以赋予世上的其他人。

这一天剩下的时间里，我感觉我是在努力强撑着。海上日落的宁静自然，风筝冲浪者在风中飞翔的身姿，开着车在世上最美的地方飞驰的瞬间。我表面上开心幸福，内心却伤心欲绝；一方面心烦意乱，另一方面又欢欣雀跃。我为如今拥有的一切满怀感恩，同时也为曾经失去的一切心生悲哀。

第十一章
流浪

　　萨瓦纳在洛杉矶市中心的一家音乐制作公司实习，但午休时间会赶回去看看扎克，努力说服他吃饭、起床、吃药。他同意吃药，但不愿意服用完整的剂量。这是他们之间的战斗；一段我熟悉的舞蹈，因为截至目前，我一直是其中的一个舞伴。

　　我和南斯谈了谈，决定先不要像往常那样立刻南下，而是让他们两人试着去处理，看看扎克能否找到办法摆脱困境。这是我向他、向自己做出的保证。

　　三天后，萨瓦纳告诉我，扎克开始既不喝水也不吃饭了。我飞到洛杉矶，赶往他们位于西好莱坞的公寓探望。萨瓦纳从未见过扎克如此疏离于这个世界。她从未见过任何人如此疏离。

　　我的儿子变成了一只冬眠的蜥蜴，摸起来浑身冰凉，一直处于震惊的状态中，一动不动。我们等了一天、两天，第三天才打电话给精神评估小组。他们和萨瓦纳通了话。她虽然十分勇敢，却明显情绪低落。看到他们将扎克绑上轮椅，戴上手铐，她号啕大哭。他们把他抬上救护车，然后转移到轮床上，并允许萨瓦纳陪他同去。我挥手与他们告别，坚称事情一定会有所好转，然后才钻进公寓外的汽车。在西好莱坞一棵美丽的棕榈树下，我找了个别人看不到的地方放声痛哭。

扎克住进病房后，萨瓦纳回到了我们在好莱坞的家。她太难过了，无法一个人独处。

"他们把他绑上救护车时，他连手都动不了。"她哭着说。

"我很抱歉。"我满心自责与悔恨，在房子里来回走动时一直无法摆脱那种不安。我伸出双臂拥抱了萨瓦纳，仿佛她也是我的孩子，也受到了余波的伤害。她趴在我的肩头抽泣。我不知道那天在海滩上是否应该多告诉她点什么，让她有所准备。

"我以前从没坐过救护车。"她回忆道，"他就像个罪犯。他看起来害怕极了。护士们尝试与他说话时，他的眼神里流露出莫大的恐惧。"

"你是不是应该和家里人聊聊？"不知道和我相比，她的母亲能否给她更多的支持。她摇了摇头。也许她担心他们会强迫她返回得州。

"我打算一天去探望他两次，下午一次，晚上一次。"她下定决心，忍住眼泪，"除非你想去？"

"不，他更愿意看到你。"我承认。

"我打算请假一段时间。我会给他烤他最喜欢的饼干。"她说。我能看出，创伤已经令她筋疲力尽，而且这些伤痕将一直陪伴着她，无法磨灭。就算她年轻力壮，生活游刃有余，日积月累的心灵创伤也会改变她对这个世界的理解。她就像战区里的医护人员，炸弹还在下落就要冲锋陷阵。等她走到听不见的地方，我把头埋在地下室厨房的那张不锈钢桌子上，捂着茶巾哭了起来。

萨瓦纳信守诺言，一直守在扎克的医院病床旁。他被诊断为脱水和紧张症，通过点滴注射了生理盐水和抗焦虑药物。萨瓦纳的存在以及她精心烘焙的山核桃泰西（一种古老的南方食物）、奶油松饼和菜肉馅饼似乎让他振作了不少。

有一天，她回来时似乎比以往更加沮丧。"我只是紧挨着他在病床上躺了一下，仅此而已。"她呜咽着说，"值班护士通过监控摄像头看到了我们，骂了我一顿，说这是违反规定的。要是我再这样做，就不能去探望他了。"

可怜的萨瓦纳。可怜的扎克。在他们最需要人类接触时，却被禁止这样做。有时我会双手合十，希望能在距离够近的地方为他们提供支持；但又不能太近，必须留给他们一些自主权。要知道，自主在精神病病区里并不多见。

扎克出院时的预后不太好。萨瓦纳努力过了，他们都努力过了，但扎克比以往任何时候都更讨厌药物的副作用。他外出的时间越来越少。这对萨瓦纳来说并不容易。她刚到洛杉矶不久，对这里的一切还不熟悉，特别是对音乐界知之甚少。我看着两人之间开始出现裂痕，双方都为这段感情出了问题备感沮丧、经受着考验。萨瓦纳的实习结束了。她没有工作，也没钱支付洛杉矶的房租，在家人的劝说下回了老家。

扎克会去公园里散步。以前他状态良好时，经常和萨瓦纳一起散步的公园如今只剩下他形单影只。公园的入口就在他们曾经同居过却不得不放弃的公寓附近。她已经不在那里了。我试着想象扎克现在的感受：他刚从精神病院出来，时断时续地吃着强效药，被贴上了疾病和紊乱的标签，拿着政府的福利，女友已经分手、成了另一个前任，另一段过往。今非昔比，物是人非。

天黑后，我发现他躺在野餐桌上。

"扎克，我还在这里。"这话说不定会让事情变得更糟，毕竟哪个年轻人希望母亲会是他唯一的依靠，成为他的救世主呢？在精神病学中，受到指责的往往都是家人。人们认为家人是导致病情复发的原因，尤其是母亲，大多是母亲。医生和护士在培训期间学习的都是这个模式。在他们填写的表格、勾选的方框中，母亲总是那个充满敌意、极端情绪化且过分投入的人。但生物医学模型坚持认为，疾病不是任何人的错，而是一种化学失衡，一种大脑紊乱。矛盾的是，家庭仍被认为是导致病情复发的原因。我怎么可能一方面是清白的，另一方面又是有罪的呢？

回到好莱坞的家，扎克又坐回了陈旧的绿色沙发椅。沙发的靠背已经下垂，扶手上沾染着污渍。

他把头从靠枕上抬了起来。"我不想这样生活。我想死。你能把我送去俄勒冈州，帮帮我吗？"他恳求道，"我有权提出这样的要求，对吗？"

"哦，小扎。"我只能回答。

"安乐死在那里是合法的。"他坚称。

我被他沉重的苦痛压垮了。听到这些话出自一个如此年轻的人口中，有种离奇的感觉。要知道早在6年前，没有谁能比我的宝贝儿子更渴望活下去。

发生了太多事情。我不能像他婴儿时那样，挠挠他的头皮，或是像他十几岁时那样，买个赛百味的三明治，讨价还价似的要他留下来。我甚至不知道聆听是否足够，因为这些话给我带来的只有痛苦。我只能坐在一旁，把手放在他的胳膊上，仿佛他真的已然奄奄一息。他的饭量依旧很小。药物显然并没有帮助。

"我不想再看医生了。我已经受够了医院。"他的声音听起来如此虚弱。他闭上眼睛，泪珠从他的眼里滑落。

我丢下他一个人，钻回自己的房间。袖手旁观存在风险，但我感觉强迫他回去住院，反而风险更大。胸口的压迫感愈发强烈。我拨通了全国精神疾病联盟那几位妈妈的电话。

"他能把这些事情告诉你，是件好事。"其中一个人在电话里安慰我。

"他还能哭得出来就好。"我的朋友简妮说。在扎克出生之前，我就认识她了。她住在伦敦，意味着我可以在这里的凌晨时分、趁加州其他地方还在熟睡时拨通她的电话。

南斯一直忙于工作和照顾妈妈，但还是帮我为扎克找了一家寄宿护理中心。那里离我们所在的北加州很近。她趁着午休时间参观了一下，找经理们聊了聊。

"你知道吗，那里一点儿也不臭，还有花园和一只小黑猫。"她告诉我，"他们可以为住客提供健康的食物，不会放任他们整天睡觉。"

"你查过床虱吗？"我问。谁都知道，床虱是这类住所普遍存在的问题，"街头毒品问题呢？"

"就算是存在这些问题，他们也不可能大肆宣扬，对不对？塔塔，它不可能是完美无缺的。"

我知道寄宿护理中心不可能是完美的。那种地方就像一个仓库，收留着这个世界不知该如何处置的人。我从未想过我们会走到这一步。

中心工作人员表示，他们支持住客去健身房、去大学、去工作。但我满心疑惑，真的满心疑惑。语言是最不值钱的。南斯给我发来了介绍住宿情况的网页。我让扎克坐起来看看里面的图片。

"你要是住在那里，离我们会很近。"我希望这么说能让他受到鼓舞。

扎克似乎还有别的想法。萨瓦纳离开后三个星期，他没有回家。我给他在这片地区仅有的两个熟人打了电话。他们都没有见过他。我又查看了他的电话、脸书和银行账户，一无所获。我快要疯了，开车去了公园，找遍了每一条小路和每一张野餐桌。我还去了卡乌内加和好莱坞大道上的难民营，试图说服自己，他已经交到了朋友，正待在温暖、安全的帐篷里。

扎克失踪四晚之后，我焦躁不安地给南斯打了个电话说："我想开车去一趟贫民窟。万一他跑到那里去了呢。"

"不行，别去。"她回答。我们都知道位于洛杉矶市中心的贫民窟是毒品和暴力行为最猖獗的地方，尤其是太阳下山后，无家可归的流浪汉锁上门准备过夜时。但作为一个社群，那里也有可能带来最令人难以置信的治愈效果，因为该地区的公共服务机构十分密集。凡事都有两面性，但南斯还是对我要去那里感到不安。

"我可以待在车里。"我告诉她，"我可以慢点开车，这样就能看到窗外。"

"如果你非去不可，等到天亮再去，再带个人陪你。"

南斯的话很有道理，虽然漫长的黑夜最为难熬，是我最想出去寻找他的时刻。且不说别的，一边开车一边寻找失踪者本身就不容易。我听从南斯的建议，在焦虑中等待黑夜过去。第二天，我带上扎克的近照去警察局报了警。他最近剃了头，还留了胡子。当我说出扎克的年龄时，一脸疲态的警官看上去很不耐烦。我表示我的儿子是个脆弱的成年人，但他似乎不以为然。

"夫人，请悉知。"他操着南方口音告诉我，"就算我们能找到他，如果他既没有杀人，也没有自杀倾向，那么除非他同意，否则我们没有义务告诉您他的下落。"

洛杉矶的街头生活着三万名流浪者。我都不敢查看每年有多少人死在外面。我睡不着觉，一会儿致电精神病院，一会儿询问警察，看看他有没有被捕。我无法鼓起勇气拨通停尸房的电话，但我知道有些与我处境相同的父母会这样做。我已经越来越依赖那些人了，依赖他们平静的声音，深知他们一定会站在我的角度思考问题。

戴尔飞回来，接管了驾车的任务。我们搜索了更多的公园和人行道，还在圣莫尼卡海滩寻找了一番。我想要相信扎克能够挺过这一关，相信他能找到联系我们的方式，但我也想到了更黑暗的可能性：我的家人可能要从英格兰赶来参加扎克的葬礼。没有儿子，我不知道该如何注视这个世界。

两周后，邻居家的监控拍到了他的身影：瘦削、肮脏，身上没穿夹克，也没有携带任何财物。他的步伐缓慢，还会在车道上撒尿，但人还活着。

我在家门口靠山那一侧的木制平台上放了一只睡袋、一些衣物和一些食物。如果他回来却不敢进来，至少能够找到所需的食物和饮水，晚上气温骤降时也有东西可以保暖。

凌晨两点，智控安全灯亮了。他回来了。我已经几乎认不出他的模样。他看上去受到了惊吓，浑身脏兮兮的，眼窝深陷，脸颊如同一只河豚。起初他试图逃跑，但我叫出了他的名字。"小扎，是我，妈妈。"

我丢掉了他的脏衣服和鞋子。鞋底已经几乎磨破。我把他领进浴室，让他搓洗身子，直到洗澡水里不再夹杂任何污物。我还喂他吃了些东西，安置他上床睡觉，帮他冰敷肿胀的双脚。

他回家了，但我感觉一切都变了。我直面过他可能已经死去的事实，然后活了下来。

我知道，我们不能再在这座城市里待下去了。这个几乎毁掉我们的地方。

第二天一早，我把扎克的东西塞进车里，朝着湾区驶去。在驶离170号公路、开上北5号公路的途中，扎克描述了这几晚他在街上流浪的经历。"我觉得自己仿佛被困在了时间隧道。"他说，"我觉得日落大道上的汽车都是自动驾驶，只要被我挡住了去路，就会刹车。为了留在这个世纪，我必须不停地奔跑，从一个城区逃往另一个城区。"

这给了我很多可以消化的信息，尤其是穿行在五条车道和高速公路标志之间。但这也解释了他为何弄丢了所有的东西，为何双脚如此肿胀，鞋底磨得单薄到可以透过日光。

"那你为什么不早点回家？"想起这段日子经历的恐慌，我问道。他试图回答，却被我放在方向盘上伸展的手指分散了注意力。这个动作令他不安。他觉得我在向其他的司机打信号。

我稳住双手，分别握住方向盘的十点钟和两点钟方向。

"我想回家，但我以为你已经把房子卖了，不住在那里了。我甚至找过一个警察，让他帮我打电话给你。但他拒绝了，只是给了我当地无家可归者收容所的地址。"

我皱起了眉头。现在轮到我百思不得其解了。我咬住嘴唇，目光直视前方。车子朝着格雷普韦恩攀爬。那里有个引人注目的山口，将特哈查比斯和圣艾芙米帝奥斯一分为二。车子下坡行驶到特容牧场时，扎克低下头，说他感觉自己就像是掉落人间地狱的人体实验品。

"有好心人给我买了食物和水。"他轻声说。

这句话对我的打击最大。我想感谢他们，认识他们，拿钱偿还他们，因为他们让我的儿子在沙盘般的洛杉矶有水可喝。

我重重叹了一口气，感觉身体被安全带牢牢按在了座椅上。我感恩他找到了通往光明的路,找到了回家的路。我将永远无法得知,将他带回我身边的是母爱,是我的祈祷,是街上那些为他提供食物和饮水的善良灵魂,还是他求生的意志。车子加速穿越圣华金河谷,经过一望无际的菠菜和洋蓟田时,"怎么会"和"为什么"似乎已经不再重要。我知道我需要接受改变,放弃不断的质疑,只说声"谢谢"。

第十二章
家

"求你了，带我回英格兰吧。"扎克说，"或者直接把我送上飞机，我可以搬去爸爸家住。"

他躺在木屋的沙发上，和往常一样穿着鞋子和夹克，像是需要迅速逃离。尽管他没有车。这里距离山下的山路还有两英里的距离，海拔高度1600英尺。

我们回顾了他不能搬去和爸爸同住的理由。他爸爸患有慢性阻塞性肺病，住在老年公寓。他一遍又一遍地询问，仿佛多恳求几次就能改变我的答案。他也会在视频聊天时纠缠爸爸。他很绝望。英格兰，那个他度过了童年大部分时光的安全国度，成了值得他坚守的地方。

自从扎克结束两周的流浪生活，随我们北上以来，我们试着安排他住过几个不同的地方。海滨有一间面积不大的单间公寓，距离戴尔所在的地方不远。还有圣克

鲁斯海滩附近的一间小屋。南斯找的那家寄宿护理中心
不承认屋里有床虱，虽然扎克身上到处都是虫子咬过留
下的红色痕迹。还有一个私人住院治疗项目。那里的精
心安排对他很有帮助，但大量的处方药危害不小。

在徒劳的尝试和几次短暂且痛苦的住院治疗期间，
扎克会和我们一起住在木屋里，主要是我不忍心想象他
再次流浪街头。他经常谈起街上的那些人，还有他去拜
访他们的那些晚上。"他们都是些和我一样的人。他们
是自由的。"他告诉我。

就在这段时间里，我们找到了一位名叫黛西的心理
学家。

多年来，扎克一直不愿与心理学家、精神科医生、
治疗师、医生、社工，护理协调员或任何人谈起他的处
方药、思想，情绪以及诊断相关事宜。他已经厌倦了填
表和注射，也听腻了人们针对他脑海里的声音、眼前的
图景和极端状态提出的问题。他选择了远离专业人士，
远离那些人描述他的语言。所以，当他同意与黛西见面
聊聊时，我吃了一惊。

从看到黛西的网站那一刻起，我就产生了一种截然
不同的印象。她的言语很有思想，声音中透着轻松。我

觉得吸引扎克第一次走进她办公室的房门、还能再次回到这里的原因也是这一点。她穿着一件灯笼袖 T 恤，有着强壮的二头肌。扎克很快就对她产生了信任。我们都是如此。和他一样，黛西十几岁时也被诊断出患有分裂情感性障碍。陪扎克去治疗的几个月时间里，我们得知她曾被迫服用过一种抗精神病的混合药物，导致她无法正常工作。由于精神科医生拒绝为她提供帮助，她开始了秘密而艰苦的戒药过程：称重、测量、减量，直到找到出路，回归那个值得为之活下去的自我。她理解扎克觉得人生毫无意义的那种麻木，因为她也经历过相同的空虚，某种化学脑叶切除术。

扎克一直很想戒掉抗精神病药物，但我们从未见过任何相信这种可能性的人。在他多年来服用了众多不同的药物之后，我们才逐渐得知，有些人会设法停掉或减少处方药的药量，并重新获得了一部分自主性。他们中有的人自称幸存者。扎克在奥克兰的一场研讨会上认识了其中一些人，但还是决定提前离席。"我有点儿不知所措。"他在电话里告诉我。

这种不知所措的感觉在我心里也同样真实存在，但同时也能振奋人心，让人充满希望。我们了解到一种名为"开放对话"的治疗模式。这是芬兰（一个曾以高自杀率闻名的国家）发展出来的一种模式。这种模式的基础是家庭交流小组，很少使用或不使用精神药物，被认为是一种能够成功治疗精神疾病的方法，其理念就是聆听、引导而非强迫。

扎克被关在精神病区期间，从未接受过心理治疗，因为专业人士通常认为，患有严重精神疾病的人不应该开始这种形式的治疗。相反，"开放对话"的实践者会与患者及其身边的人见面，理解他们的心声，看看是什么导致了精神疾病，无论患者的病情处在什么阶段。这种概念很有道理。我还记得 19 岁时，自己的呼声能被人听到意味着什么。我和朋友们一起去剑桥的郡莫尔斯沃思皇家空军基地参加核裁军运动的集会。那里存放着美国的核武器。我们浑身湿透、沾满泥巴，身上没有外套，绕着围墙愤怒地呼喊。当地的互助组织工作人员找到我们，送来了食物和衣服，还端来了热可可为我们取暖，同时认真倾听我们内心深处对核战争和世界末日的恐惧。

从 20 世纪中叶的现象学作品到如今的企业家精神，

加州一直被视为一个充满新思想的地方。所以令人惊讶的是，我们竟然花了这么久才发现黛西这样的人。她向我们讲述了挪威的情况。那里的精神健康法允许精神病患者在入院期间接受选择性药物治疗。扎克还从他的口中了解了一个名为"聆听"的同伴领导组织，能够支持和帮助那些拥有类似经历的人。黛西说，那是第一个让她感觉能被人倾听和理解的地方。在那里，她的经历有了意义。幻听并非总是令人苦恼。这种现象比我们意识到的更加普遍，而且许多人都能从容地与自己听到的声音共处。有的人甚至觉得那些声音是一种精神实体，是一份恩赐。

随着 2019 年干燥炎热的夏天到来，我算了算，距离好莱坞洗衣房里那个晚上已经过去了 10 年。我经常后悔没有早点遇见黛西，但我知道后悔是灵魂最可怕的敌人。在咨询了不到一年的时间后，黛西宣布她必须离开加州，回去处理家中的紧急情况。如果可以，我愿意追随她，但我也意识到，她让我们走上了一条新的道路，一条与扎克更加一致的道路。我们现在有了真实而鲜活的例子，告诉我们什么问题可以解决，不用去戳破；什么问题可以被戳破，不会被毁坏。这也让我们理

解了什么是从混乱中获得精神上的解脱，对做人的意义
有了更丰富的理解。

至于扎克，他第一次被允许去做真实的自己，不用
担心会被送进医院。他与黛西的联系意味着他可以正视
发生在他身上的问题，而不是去探究自己出了什么问
题。这是一个自由的故事。谁也不能从我们身上夺走
它。但扎克已经接受了 10 年强制治疗的事实是无法改
变的；他仍会渴望麻痹内心的痛苦。对扎克，对我，对
我们全家来说，治愈可能是一生的旅程。我们正在为之
付出巨大的努力，让祖先留下的隔代创伤在我们这里画
上句号。

我走到小木屋门外的平台上坐了下来。小公鸡在打
鸣。山羊向山坡下的草地爬去。

"过来陪我坐坐。"我隔着纱门招呼扎克。

他陪我坐下来，身边还跟着米琪，我们最近从蒙特
雷动物收容所收养的一只脏兮兮的小狗。它的毛发灰白，
精力充沛，和贝尔很像，只不过个子更小。坐在红木板
条铺就的平台边，橡树和道格拉斯冷杉帮我们遮挡着阳
光。我们把双脚放在下面的台阶上，刚好在鸸鹋够不着

的地方。那家伙一有机会就爱啄我们一口。我经常在它昂首阔步、舒展着羽毛寻找配偶时嘲笑它。但今天的我内心十分挣扎。昨天发生的事仍在我的脑海中挥之不去。

我发现南斯把自己锁在车里哭泣。那是她唯一能够找到的私人空间。她脸色苍白,布满红色斑点,指关节和脸颊上沾着黑色的睫毛膏。她说她无法面对奄奄一息的母亲,也无法面对住在小木屋里的扎克。对她来说,独处似乎更轻松一些。

我看她落泪的次数比我们在一起的年头还少,所以这一幕对我打击很大。不被需要的痛苦,尤其是在剧变期间。过去的 17 年中,她与我一同抚养儿子,但不知为什么,当我离扎克越来越近时,她却越退越远,直到放开手,远远地凝望着他。她的话令我心如死灰。

我看着扎克的猫理查德·帕克在主人的两腿之间钻来钻去。扎克抚摸着这个小生物脏兮兮的脸。他和动物待在一起时情绪最平静,身体状况也最稳定。我猜大多数人都是如此。我和南斯经常希望,湖景鸟类农场上的这一小块土地能够属于我们,这样我们就能为扎克修建一座小屋,或是准备一辆拖车:一片属于他自己的空间。但这里的土地不是我们的。即便我们能为扎克建造一个家，他的心里仍旧存在让我们全都筋疲力尽的恐惧、声音与极端。黛西帮我找了一个以慈善为中心运营的农业社区。那里可以提供有机食品，让客户在监督下逐渐减少药物的使用。社区的工作人员和客户能像家人一样共同生活和工作。但是价签——哦，我的天，价签是成千上万美元。

黄昏逐渐笼罩了农场，在拖车和谷仓背后投下长长的阴影。我不知道这是否就是促使我把扎克带回英格兰老家所需的推动力。我咬住脸颊的内侧，想象与南斯之间隔着千山万水生活。我还想到了戈登。他的妻子为他生了两个年幼的孩子，但已经与他分手。他能成为扎克过去不曾拥有过的那种父亲吗？自从扎克第一次发病以来，经常去英格兰看望戈登，但每次停留的时间都不超过几个月。他还要考虑美国的移民身份，但最主要的是，他想回到我们身边，回到他在美国坚实、安定的家人身边。如今不确定的事情更多了。"妈妈，对我来说，哪里才是最好的归宿？"他问过我许多次，"一个我不会被追捕、被带走的地方？"

我希望那个地方会是英格兰。我祈祷扎克不会在他父亲的生活中屈居次要地位，他们可以建立某种亲密关

系，让扎克感受到无条件的爱。我联系了戈登。他同意
让扎克过去与他同住，但顶多能住上两周，因为他获准
接待客人的最长时间就是两周。我会在附近找个小房子
住下，看看事情会如何发展。趁自己还没有改变主意，
我立即订好了机票。

洛斯加托斯的山间小屋，我们曾经如此珍视的庇护
象征，在我们离开之前似乎比以往任何时候都要狭小。
在 450 平方英尺的开放式结构中，噪声很容易传播。我
们听得到扎克在睡梦中大喊大叫，在他早起吃饭、喝
水、洗澡时也都会醒来。早上是他最不安分的时候。我
到现在还记得，克雷格列表的广告中描述这里只适合一
个人居住。如今，这个人将是南斯。

我们在一起的最后一天晚上，我试图讲和。"等我
把扎克的一切都安顿好，一定会回来帮助你照顾你的妈
妈。"我在黑暗中低声许诺，"轮到他那个该死的父亲接
手了。"这话虽然是我亲口说的，却还是感觉不太真诚。
我怎么可能离得开扎克？一位母亲怎么可能离得开她的
孩子，即便他已经是个成年男子。

戴尔开车送我们去机场，帮我们办好了登机手续。

"再见，小猫。"他捶了扎克的肱二头肌一拳，"代我向大家问好。"我拥抱了戴尔，目送他离开。他那被太阳晒白的头发从便帽里滋了出来。现在只剩下我们了，我和扎克。

扎克害怕飞行，害怕候机室里的人群、闲聊声、广播声和刺眼的荧光灯。回想起他曾经因为恐惧不敢穿过航站楼与飞机之间的舷梯，我集中注意力，尽量让我俩都保持冷静。坐上飞机，我屏住了呼吸。扎克在飞机顺着跑道滑行时紧紧攥住了扶手，睁大的双眼充满了恐惧。我也被搅得心烦意乱，如同头顶的天空，暗流汹涌。

遗憾、感激与愧疚涌上心头。遗憾的是南斯和我不能共克难关。感激的是她能够诚实面对她的极限，也让我诚实地面对自己。愧疚的是她必须独自照顾垂死的母亲。

空姐问我用餐时要不要喝点什么。我选了黑皮诺葡萄酒，尽管我讨厌它的味道，讨厌大部分酒精的味道。每次飞机在天空中遇到颠簸，那杯酒都会在我的小桌板上晃动。终于把它灌进嘴里时，我感到了一丝暖意，仿佛焦虑正在一点点消失。我把头靠在舷窗上。扎克已经努力进入了梦乡。他看上去那么年轻，那么平和，脸上充满了孩子气。刮胡子总能让他看上去年轻好几岁。看着他，我想起了 17 年前从伦敦飞往洛杉矶，从昔日的故土飞向新的家园，与这一次的旅程正好相反。12 岁的扎克静静地透过舷窗望向大海和众多无人居住的土地，尽情享受着飞机上的食物。13 岁的戴尔几乎没怎么吃东西，一直在座椅靠背的娱乐屏幕上切换着频道。

那时的我满心期待两个儿子能够拥有更美好的生活。

飞机逐渐靠近目的地。我不知道踏上故土之后，我们将面临什么样的情形。我们是这里的公民，却已不再是这里的居住者。我们还有亲戚，却已经与他们分离了近 20 年的时间。

太阳在我们脚下的某个地方落了下去——我想那儿可能是冰岛。身处高空，我陷入了酒精引发的诡异半睡眠状态，脑海中出现了象海豹和它们一年两次漫长的迁徙。每一年，只要一息尚存，象海豹就会在进化和身体本能节奏的驱使下，迁往数千里外的地方，穿越大海，回到它们出生地。每年有两三个月，这片海滩就是它们的家。

第十三章
斯瓦夫

2019 年夏天

飞机着陆了。我们饱受时差的困扰，筋疲力尽。租车公司想收我们 300 英镑的保险费用，因为我目前的驾照是美国而非英格兰颁发的。我取消了预订，但扎克不敢登上火车。他说这里已经不是同一个英格兰了。在某种程度上，他是对的。我们回家了，却又是陌生世界里的陌生人。就连货币看起来都那么陌生。环岛令人头晕眼花。重新开始的念头，试图确定扎克需要什么、我俩都需要什么的思绪，令我头痛欲裂。

我们设法找到了正确的列车，但扎克坐在了车厢另一处离我很远的位置上。他脸色苍白，疲惫不堪。我一直紧盯着他，以防他下车溜走。他很有可能会在站台上躺下，不愿多动。他无法忍受脑海中的声音和心中的恐惧时经常这么做。

随着列车朝东北方行进，郊野的景象逐渐变成了平坦如挂毯般的绿色正方形和矩形。从封建时代起，这些土地世代都是这样分割的。没有圣克鲁斯山脉，眼前的景象看起来十分奇怪，仿佛我们可以掀翻这片茶碟般的大地。没有什么能将我们困在其中。

火灾的季节很快就会降临在加州干旱贫瘠的地区，几个月都没有一滴雨。这里的植被更绿，却因潮湿感觉黏糊糊的。温度比加州还要高，真是荒唐。英国不习惯应对极端天气，也没有空调或其他措施应对那样的气候。

我们坐上了开往斯瓦夫汉姆的公交车。车子沿着乡间小路穿梭在铺满鹅卵石的茅草屋村庄。扎克的父亲、姑姑和同父异母的兄弟居住的斯瓦夫汉姆是一座古老的集镇，曾因绵羊和羊毛产业闻名。伦敦人喜欢在这里的大宅举办晚宴。这里也是霍华德·卡特儿时的家——那个领导了图坦卡蒙陵墓挖掘工作的男人。

刚到这里时，你很难想象这样一座城镇竟然拥有如此辉煌的过往。我看到的是大量的慈善商店，简陋的咖啡厅和卡拉OK酒吧。也许是因为我内心愤怒，只不过一直压抑到了现在。难道它化作了对斯瓦夫汉姆的偏见，而不是对戈登的愤恨，愤恨他可以躲起来，过着不用担心扎克的生活？我知道这的确是我的偏见，因为用不了多久，我就会对这个被当地人称为"斯瓦夫"的地方倍加珍视。我将在保护区里找到铺满鹅卵石、出租屋林立的后巷，还会看到数英亩的原始森林，认识能与我结下深厚友谊的人们。

戈登打开门，大喊了一句："我的儿子。"我站在狭小凌乱的客厅里，看着父子俩紧紧相拥。"哦，看看你，都长成年轻的小伙子了。"戈登打量着扎克，意识到自从他们上次见面，儿子在三四年的工夫里长大了许多。父与子。也许是时差、高温和逝去的时光的缘故，我心里竟有些动容，仿佛一把挂着破蛛网的旧椅子。

"哎，该死。快进来。我给你做香肠三明治。"戈登招呼扎克，"想吃吗?"他问我。我嗤之以鼻。

"不了，你别忙了。"我模仿着他的口音。

这间一居室的公寓里烟雾缭绕，充斥着油脂和烟草的味道。我陷进客厅角落的一张巨大的橙色椅子中，接过一杯散发着淡淡奶香的茶。茶杯里还留着丹宁的酸渍。它把我拽回了1984年，我和戈登初次相遇的时候。我过去经常赖在他的卧室兼起居室里。我会在天黑后通过后窗爬进来，和他一起分享一杯波尔顿碎橙白毫、一块培根三明治和几支丝切香烟。屋里是一张单人床，头上是卡尔·马克思的海报，身旁是一台立式唱机。我会赶在凌晨时分工作人员进楼前离开。

一切都变了，但气味是相似的，规矩也依旧存在。

"两周，扎克。你只有两周，不然我会有麻烦的。"戈登提醒他。养老住宅区的规定让他比实际年龄看起来苍老了许多。既苍老，又不同。这个曾经为自己是个北方人、是个社会主义者而自豪的男人，曾经鄙夷地说南方人都是软弱保守派，如今却在高谈阔论他是如何投票支持英国脱欧的。

两周结束后，扎克住进了我在镇上一家格鲁吉亚酒店的双人房。这里没有"开放对话"或"聆听"组织。星期天，我们去了一座宏伟壮观的诺曼式教堂，参观那里的拱形天花板和彩色玻璃窗。教堂位于镇中心，四周围绕着被挖掘后重新排成一线、方便割草的墓碑。扰乱圣地似乎是一种亵渎。教堂的礼拜仪式主要是演讲，还有几首赞美诗，与安静的贵格派截然不同。

我认识了几位开明的临床医师。他们都在伦敦开设了私人诊所，研究阿凡达疗法等领域。扎克不想去看任何医生。"还不行。"他告诉我，"现在还不行。"

没过多久，他又开始不爱与人交往，探望戈登的次数也少了，还总是赖在床上。他脑子里的声音愈发响亮，危害也更强。寻求帮助比我想象的更难。我们最终约到了当地的精神健康小组。分配给我们的社会工作者言语粗鲁，尽管我主动提出愿意付钱，但他还是表示扎克可能没有资格享受国民医疗服务，因为我们离开这个国家已经太久。

我们找到了英国最大的精神健康慈善机构之一——"思想"（Mind）资助的一家机构，分配到了一位名叫伊莱恩的工作人员，每周接受一个小时的服务。我喜欢伊莱恩。她说起话来轻声细语，十分体贴。她询问扎克是否愿意加入社交团体或参加当地的园艺项目。他尝试了一下，但累得筋疲力尽。我们都很疲惫，格外心力交瘁。

我妹妹说得对。自从我们17年前出国以来，英格兰发生了很大变化。候诊的队伍很长，租用私人住宅也困难重重，尤其是因为扎克没有工作，在英国也没有从业史或租房史。戈登在斯瓦夫汉姆居住了20年。这使扎克有资格与当地的全科医生签约并申请福利，但比较困难的是住房问题。我们住进了一间维多利亚式的爱彼迎出租小屋。由于现在是淡季，租金还比较便宜。

大西洋的另一边，芭布已经奄奄一息，我却无法回去。她在南斯身边离开时，我仍被困在这里。南斯在妈妈去世后打来电话向我哭诉。我听得出，她的声音中既有痛苦也有释怀。南斯也认为，相比出席葬礼，我留在这里陪伴扎克更加重要。因此，葬礼当天她把手机支在教堂大厅后面的三脚架上，让我通过视频参加了仪式。我满心内疚，感觉自己如此遥远。由于时差的缘故，英国这里已经很晚了，我听得不太清楚。葬礼结束后，我和家人们通了电话，为自己无法出席表示抱歉。

当时我可能还不明白，但扎克和我正深陷困境、动弹不得。这一点毫无疑问。不远万里一起来到这里，我不能放他离开。我能把他丢给谁？丢去哪里？这里没有安全网，美国也没有。大多数时候，只有我们母子共同对抗全世界，或者感觉上是这样的。我知道南斯心里惦记着我们。我和她仍在努力争取。但她如今也伤痕累累，还与我们相隔千山万水。那种感觉就像埃平森林里的荨麻，令人浑身刺痛。

芭布去世后不久，我请戈登临时照看扎克，自己匆匆赶回加州探望南斯，接走米琪。南斯看起来更瘦了，人也苍老了不少。目睹母亲受苦令她整个人都变得虚弱。没有我的陪伴，扎克一直在苦苦挣扎。米琪需要健康证明和各种文件才能飞回英国。在时差和令人晕眩的悲哀折磨下，我意识模糊地再次回到了诺福克，身旁还多了一只小狗。

随着冬天临近，扎克逐渐有了寻求帮助的念头。这在我看来非常简单。我们需要一个群体，也就是佛教传统中所说的"僧伽"——即便是在最艰难的时刻也能陪伴在我们身边的人。但在诺福克，我们没有汽车，扎克又仍旧很难完全相信除我之外的任何人，这使抱团成了一个难以实现的想法。大多数人忙忙碌碌，连处理自己事情的时间都没有，更不用说顾及他人了。他们能为扎克提供的东西必然和以前一致：药物，以及一个能把药物推进他手臂的护士。他同意了，渴望得到解脱。

不出三个月的工夫，抗精神病药物就被提高到了最大剂量。没过多久，副作用变得比精神病本身更加糟糕。到了这一步，扎克自愿要求住进国王林恩医院新建的精神病房。这需要几个星期的努力。危机小组每晚都会过来一趟，挤进小木屋狭窄古雅的客厅。他们说郡里一张病床都没有。一天晚上，我还依稀听到他们说，全国上下都找不到一张病床了，但也许是我理解错了。

这里的生活是超现实主义风格。主要原因在于我的失眠，但也因为我无法相信，遭受这种痛苦的人竟然必须等待如此漫长的时间。

圣诞节过后，扎克终于住进了病房。我们又惊又喜。这个地方是最近才建成的，仍旧散发着油漆和新东西的味道。但令我困惑的是，这种耗资数百万英镑建造的新病区居然还是没有足够的床位。

家具都软乎乎的，没有被固定在地板上。病人可以泡茶、泡咖啡、吃零食。病区里没有可供病人来回游荡的潮湿长走廊。没有尖叫声或撞击墙壁的声响。入院的病人不必穿着病号服或睡衣，而是可以穿着自己的衣服。医生的计划是让扎克开始一轮氯氮平试验。这是英国比较常用的一种药物。工作人员相信，在某种程度上，它能对他起到其他药物没有的作用。

我曾仔细想过，自己怎么会对扎克采取替代疗法抱有由衷的希望。那种感觉就像是我已黔驴技穷，并让我想起了怀着戴尔的时候。我本想找个理念与众不同的助产士在家生产。国民医疗服务体系没有理会我的请求，于是我妥协了，参加了国家分娩信托的产前课程，还写了一份分娩计划。我想要昏暗的灯光、一只豆袋和轻柔的音乐，并选择跪式或蹲式生产。可当我被送进霍莫顿医院时，一切都被抛在了脑后。我喊得撕心裂肺，整个人深陷恐惧之中，疼得不省人事。我被绑上了监视器，脚踩在床蹬上，腰部以下一片麻木，还被注射了镇静药物。这次生产超出了我的控制，也超出了助产士的控制。它成了男性产科医生的专属领域。戴尔被人用真空抽吸术从我的体内抽了出去，然后就被送进了婴儿特护病房。我想要跟着他追上去，但双腿不听使唤。撕裂伤让我产后好几个月都无法舒服地坐下。

在家进行自然分娩的做法在 20 世纪 80 年代末就已经不再流行了。它需要激进的助产士使用分娩池或分娩凳，也需要产妇具备扭动或摇晃的能力，听起来既让人害怕又感到安慰。虽然存在危险，但它还是会被视为一种替代选择，尤其是对工人阶级而言。

我们已经失去了在最痛苦、最生死攸关的时刻陪伴在彼此身旁的能力。选择药物和相对"安全"的入院治疗，是对创伤、生存危机或精神紧急情况的自然反应。但没有什么能比精神药物和封闭的人工环境更不自然的了。亲友们告诉我，至少扎克在医院里是安全的，那里对他而言才是最好的地方，那里的工作人员知道他们在做什么。我点点头。奇怪的是，他们竟然在我眼中看不到任何不和谐的迹象。

我放弃了我无法负担长期房租的维多利亚式民宿，在老家郡县的各个亲友家搬来搬去，通勤去看扎克。但就在用药计划即将开始的那一天，扎克改变了主意。他上网查了查，发现氯氮平会导致尿失禁、流口水和心动过速。如果停止服药，会产生最糟糕的结果，还会导致体重急剧增加，甚至引发糖尿病。

我理解他的担忧。这一点是可以预见的。我感觉我们被逼入了绝境，进退两难。我不得不接受，在英格兰这个绿树成荫的小角落，心理健康护理并不像我希望的那样进步，或者不如它在美国的名声所暗示的那样。虽然病房看起来更加光鲜亮丽，但古老的范式一如既往，不曾改变。

扎克叫停了试验，要求在医院多住一段时间，但不服用药物。工作人员告诉他，他住的是精神病房，不是酒店，除非他接受药物治疗，否则就不能再待下去。他出院后住进了德勒姆一家为无家可归者准备的住宿加早餐旅馆，距离他父亲的住处只有半小时的公交车程。我想起黛西曾告诉我们，挪威的医院不会强制服药。还有的里雅斯特，那里根本不存在精神病监禁。不知为何，和美国相比，英国把精神病患者当成罪犯看待的程度比较低，但还是有些未必符合病人最佳利益的严苛做法。我经常想到我们负担不起的治疗农场，想着也许有一天，我们也可以建立自己的社区。

　　扎克的新住处是一片建于 1757 年的马厩区。房间的前面紧挨着一座简陋的混凝土停车场。扎克的住所位于一座低矮的建筑中，和另外五个房间都属于王首酒店。这是一家带酒吧和厨房的小旅馆，每周日可提供烧烤晚餐。

　　150 平方英尺的空间里，只有一扇窗户可以望见酒店的花园。那里摆着为住客的孩子们安排的野餐长椅、桌子和秋千。屋里没有厨房，没有洗碗机，没有浴缸，也没有网络。水槽下面有一条胶木被撕得干干净净，露出了光秃秃的刨花板。狭窄的单人床上铺着一张塌陷的床垫和一床似乎已经破旧不堪的被子。

"我们其实没怎么修缮过这些房间,因为它们经常遭到破坏,然后委员会就得掏钱。"经理看到我正盯着浴室房门背后一个拳头大小的洞,赶紧解释。

尽管这里又小又乱,但也算是能为他遮风挡雨。

我告诉扎克:"这个住处只是暂时的。其实这意味着,只要你能保持房间整洁、表现良好,就能找到新家。"我没有告诉他的是,我已经和隔壁的夫妻聊过了。尽管他们其中一人行动不便、智力发育也有问题,但为了一个永久住所,他们已经等待了 18 个月。

在期待南斯到来的过程中,我一直在各个亲友家换着留宿。我想回加州陪她,看看戴尔和我的象海豹。但我已经心力交瘁。我渴望得到喘息,希望有人能够接替我照顾扎克,哪怕只是很短一段时间。

在和南斯见面之前,我的最后一站是去探望 31 年的老友简妮和她的伴侣乔。我赶到伦敦,在她们通透的维多利亚式住宅里住了下来。第一天早上,我烧上水壶,然后带着米琪去了通往铁路的狭小花园。7 点 14 分的火车飞驰而过,从清福德开往利物浦街。米琪跑向我,寻求保护。

"没事的，小傻瓜。"我告诉它，"那只是一列火车。"

我把它抱进怀里，回屋倒了杯茶，大口大口地喝起来。它让我想起了我们的过去，无论什么场合都要沏杯茶的妈妈。我距离她曾经住过的地方只有3英里的距离。那是二月一个明媚的早上，距离她去世已经过去了近16年，但感觉就像发生在昨天，又好像是上一辈子的事情。扎克想去清福德庄园走走，去我们的大楼被夷为平地之前矗立过的地方。

我在把牛奶放回冰箱里时，接到了他的视频电话。电话开着免提。

"小扎。"

"你在哪儿？"他问。

"我还在伦敦。"

"我能去那儿住吗？"

"现在还不行。"

"你觉得那里还是原来的清福德吗？"他一脸严肃地问我，"还是感觉很假？"

"这里绝对还是原来的清福德。"我向他保证，"不过这么多年过去了，和所有事情一样，变化还是有的。你会看到的。"

"我不相信。等天气暖和了，我想去流浪，去寻找我的人。"

扎克打开了摄像头，也邀请我这样做。我看着他的脸。他从布兹商店买了把剪刀，把头发剪得短短的。他的眼镜是用膏药粘在一起的。他去商业街的"省钱眼镜店"预约了视力检查，但验光师想知道他住在哪里、全科医生是谁，所以他再也没有回去过。我在他背后的画面里看到了丢弃的食物包装纸和饭盒。

摄像头定在了几个模糊的画面上。

"我爱你，小扎。我会再打给你的。"我希望他还能听到我的声音。

我还记得自己以前会抱着电话久久不放，试图鼓励他拨打求助热线、去看理疗师、服用精神病药物、购买补充剂、戒掉糖和麸质，多吃鱼、红肉、开心果，做祈祷、去睡觉、早起、冲浪、散步、慢跑、参加全国精神疾病联盟，加入象棋小组，阅读、写作、自愿入院、和亲朋好友联系。建议无休无止。我们都厌倦了我的反复。我越是逼他，他就越是抗拒。

扎克几乎瞬间就拨了个电话回来。

"我们在巴特西养的第一只狗叫什么名字来着？"

"麦克斯。"

"我们搬去美国前，每周五的晚上会做什么？"

"吃外卖晚餐，去百视达租一部电影。"

"贝尔是什么时候死的？"

"17 个月之前。"

他没说再见就关掉了摄像头。他在进行现实验证，问我一些他认为只有我知道的问题。这是某位治疗师在他刚患上精神病的那几个月教他做的。通过这种方式，他希望能够证明我是他真正的母亲，而不是机器人；他也是他自己，不是外星人。我的答案并不总能让他满意，但我希望今天的回答可以，至少暂时可以。

我把为朋友们沏的茶端上楼，再次感谢她们允许我分享这处避难所。我坐在卧室的爱尔科沙发上（他们从街上捡回来翻新的一件漂亮家具），看着米琪和他们的黑色拉布拉多犬玩耍。两只狗掐住彼此，扭作一团。

"我把这两个讨厌的家伙带出去遛遛吧。"我指了指两只狗。

我希望能在南斯抵达时名副其实地坚强起来，向她展示我能够应对，是个明智的伴侣，并且有足够的自信离开扎克，跟她一起返回美国，继续我们的生活。我读到过，当一个人在感情关系中必须照顾另一个人时就像我感觉南斯要照顾我那样，就会导致失衡和紊乱。陪伴在她左右是我的愿望。我一直希望如此。但我也痛苦地意识到了自己的现实——扎克在人生不那么稳定之前可能会需要我的事实。再一次，我试图寻找一种方法，陪伴分隔大洋两岸的两个不同的人。和6个月、6年前一样，这将是一项令人生畏的壮举，除非我能压缩时间或空间，或者二者兼具，否则就无法实现。

现在我每天都会散步，希望体力能够转化为坚忍的精神。我穿上了去年冬天买的雨靴。在我准备去迎接外面的世界之前，乔往我的口袋里塞了一把狗粮。

第十四章

兰厄姆

我的手机响了。我看到了戈登的信息。他胸部感染，无法帮忙照看扎克。我想象他坐在客厅的地板上，拿着毡头笔和画板，创作抽象树的系列作品。我仿佛看到了他身边的烟袋、过滤嘴和卷筒纸，还有一杯奶茶。电视里正在播放迪斯尼的电影。我并不嫉妒他——也许有那么一点儿，但不是嫉妒香烟或电影，而是嫉妒他独处的时间，他可以毫无歉意地专注于笔下的艺术创作。我嫉妒他缺乏责任感。

我在斑马线前拉住牵引绳，让米琪和小贝紧贴在我的身旁。前方是成排的树木，为路况可能变得泥泞做好了准备——大雨下了一整夜，这是不可避免的。我挤出胸中最后一口怨气，牵着狗向左边走去，在通往树林中心的狭窄巷道中绕过最深的水坑。迈步，承认我在故事中扮演的角色。我把扎克带回了一个精神健康护理体系同样支离破碎的国家，一个已经有很多事情要应对的家庭。我这是孤注一掷吗？我想可能是的。

在橡树的树荫下，我放开狗，让它们自由奔跑。大雨过后，林地散发着浓郁的木质香气。空气中充斥着负离子。身处这样的环境，我感觉思绪也逐渐平静下来。诺福克的瑜伽老师麦克曾告诉我，负离子与通过电子设备释放的正离子不同，是在水、空气、阳光和地球辐射的影响下自然产生的。

贝蒂基本上都待在我的身边。它比米琪大一些，在小狗课上受过良好的训练。要是米琪走得太远，跑到了树后看不见的地方，贝蒂就会像个优秀的童子军队长，跑过去寻找它，把它推回我身边安全的地方。

"谢谢，贝蒂。"我说。

我仿佛凝固在这片古老的树林中。在这里，在这段短暂的时光里，我低头看着小路，感觉着身体与大地、与我在这世上拥有的一切以及我的身份连接在了一起。

撒克逊时代，人们会选择性地截断树木。这种"去梢"行为永久地改变了这片树林。时至今日，那些看似畸形的树木上仍旧留有被去梢的痕迹，就好像它们的树干无法承受树枝的重量。树林里还有许多掉落的树枝：山毛榉的，桦树的，橡树的，角树的。

南斯计划到达的前一天，我先是坐火车，然后改乘公共汽车前往德勒姆，去扎克的旅馆探望他。我不知道在我动身前往加州之前，还能见到他多少次，所以希望能够认真对待每一次探望。我打算少说话，只是陪着他，去聆听而非争辩。

我们去了当地的公园。扎克松开米琪的牵引绳，把球高高抛向空中，让它去捡。尽管他对生活中的大多数事情已经失去了热情，却从未对米琪丧失热情。他疼爱它的方式和他疼爱贝尔、苏琪以及猫咪理查德·帕克一样，就像他爱所有的动物一样。我对此心存感激。这是一个不小的成就。我希望他能够拥有一只属于他的狗，这样他就不会那么孤单。也许有一天吧，我告诉自己，在心中的假设清单中又加了一件事。

小时候，每当我许愿想要什么东西，妈妈总是会让我站在高高的大厦阳台上，仰望夜空。

"塔塔，把注意力集中在一颗星星上。背那首儿歌。"她鼓励我，"只要你相信，愿望就能成真。"

"星星明，星星亮，今晚看到的第一颗星。希望我能，希望我能，实现今晚的心愿。"我相信言语与星星的力量。

妈妈就是这么聪明，能从天堂带来有用的魔法，就像《旋转木马》[①]里的比利·比格罗。

如今，我的愿望却充斥着"如果""但是"和成年人的玩世不恭。要是扎克住的地方不让养狗怎么办？要是他睡觉的时间太长，没出去遛狗怎么办？要是他不得不住院怎么办？要是他忽视了狗怎么办？

我看着他把球踢向后面的草坪。米琪像个守门员一样扑了上去。扎克的牛仔裤松松地挂在腰上，走着走着就会向下滑。我知道他的体重下降是因为停用了抗精神病药物。之前医院让他停止注射类药品，开始使用氯氮平，所以他目前完全戒断了处方药。

"你要去多久？超过两周就太久了。我应付不来。"他说，"我能和你一起回美国吗？"

他提出这个问题时，仿佛一拳打在我的胸骨上。我

[①] 《旋转木马》，百老汇经典音乐剧，《时代》杂志在1999年将其评选为20世纪最佳音乐剧。剧中插曲《你永远不会独行》风靡全球，被无数艺人翻唱。——编者注

知道美国已经不适合扎克了。我不能余生都带着他在两座大陆之间来来去去。

"扎克，是你想到这里来的。我会尽快赶回来。"我回答，心知这话听起来有多专横。

太阳下山时，他陪我走到了公交车站。

"小扎，我们可以视频聊天。我就在电话的另一头，好吗？"

我紧紧抱住他，准备亲亲他的脸颊。他低下了头，那个吻落在他的头顶上。公交车到达时，雨下得很大。我在一层靠近暖气通风口的地方坐下。黑压压的天空和潮湿的雾气中，我仿佛看到他钻进了炸鱼和薯条店。看来他还愿意吃些东西。我松了口气，尽管心里希望他吃得健康些。研究发现，患有精神疾病和重度抑郁症的人体内血清素水平往往不足。维生素 D 水平也经常不够。肠道健康作为改善大脑功能的一种方式，已经越来越重要。考虑到人体身心之间的联系，这是有道理的。

除了饮食问题，我还有其他的愿望：希望扎克能交到一个朋友；戈登能对他多些投入；他能拥有安全、有保障的住房；我希望能克隆一个自己留在这里。我希望妈妈还在世。我希望我们能从头开始，回到我们坐上飞往洛杉矶的飞机那天，或是扎克出生的那个凌晨。

车子开动时，我紧紧拽住米琪，靠它稳住我的身体。差不多一年前，我拯救了它。反过来，它也无数次拯救了我。

回到伦敦，我在简妮和乔家睡下前查了查航班应用软件。南斯的飞机将准点降落。她正在加拿大的上空朝我飞来。

第二天一早，我还在精简要带的东西，不知该如何处置米琪笨重的板条箱。这时南斯给我发来了短信。她已经抵达伦敦。我们将入住西区兰厄姆酒店的 285 号房间。那是波特兰广场上一座豪华的传统维多利亚风格酒店。

我试图减轻行李的重量，设法将东西带上地铁。我带了太多的裙子、书籍和狗玩具。从地铁走到街上，迈上摄政街的那一刻，一想到即将再次见到南斯，我既兴奋又不安。我想起了南斯在湾区工作、我留在洛杉矶的那些年。如果不在风暴中退回各自的避难所，我们可能无法在扎克的精神病经历中挺过去。

"米琪，我们就快到了。"我说。邋遢的小狗摇着尾巴拽着牵引绳。

我想从酒店的侧门进去，但手里没有可以开门的钥匙卡。拖着米琪、背着塞得满满当当的背包，我看上去应该属于 29.99 英镑一晚的旅馆。相反，我即将迈入的是一家五星级的奢华酒店，单是早餐就要花费 38 英镑。

我鼓起勇气，一只胳膊夹起米琪，推开了通往大堂的旋转门。我快步走过维多利亚风格的地砖，来到处处彰显建筑之美的摄政侧翼，按下了电梯。上楼的途中，我想起了窝在小破屋里的扎克。

迈出酒店的电梯，我踏上了一条长毛绒走道。走道两旁的黑白相框照片展示着波特兰广场曾经的模样。我到了。285 号房间。

南斯应了门。她戴着耳塞，一只手举着手机。她正在接电话。她朝我露出灿烂的微笑。

我赶紧把米琪抱进浴室，用酒店奢华的香皂为它洗脚。它一直在挣扎。南斯还是那么擅长多任务处理，在床上为它铺了一条毯子。

打完电话，她朝我转过身。"你怎么样？"她问。

"很好。"我走过去拥抱了她，"你看上去气色不错。感觉不到时差吗？"

"还没感觉。"她回答。

我感叹能住在这里真好，房间很漂亮。"我好饿。"我承认，"虽然有点晚了，但我们去吃顿真诚汉堡当午餐怎么样？"

"好啊。我还有几通电话要打，然后就没事了。"

"那我去买。你能照看米琪吗？"我主动表示。这种感觉和过去一样——折中、分享、素食和团聚的兴奋。

"我还有几张照片要给你看呢。"她说。

我喜欢她的照片。在拍摄动物和风景方面，她很有天赋。我笑了。

我拿起包准备出门。

"给我买薯条，不要面包。"她在我身后喊道。

回到酒店时，我才意识到我给自己选的食物远比给南斯买得多，但出于习惯，我还是偷了她几根薯条。

吃完饭，我们一起躺在巨大的床铺中央。南斯翻看着照片：我们营救的猫咪唐娜在房子里爬树。扎克的翠绿色眼睛猫咪理查德·帕克看起来和以前一样暴躁。我不知道他会不会想念扎克——近七年来他最亲密的伙伴。

南斯伸手去拿电视遥控器。她为它套上了一只小塑料袋，以防里面带有细菌。我们一起看着电视里的一档旅游节目。

"如果现在回家对你来说太困难，我能理解。我们可以挺过去的。塔塔，我哪儿也不会去。"她说。

身处毫无特色的摄政街，身处这座人人都是过客的孤独首府城市，某种束缚感顺着门缝钻进了这个位于二楼的房间，钻进了特大号床铺的被子里。南斯合上笔记本电脑。

"我好累。时差的感觉终于来了。"她转过身，很快就睡着了。

扎克打来电话时，我正准备睡去。铃声格外刺耳。

扎克已经恢复了夜间作息，此时情绪格外高涨。深夜时分，他的喋喋不休让人倍受折磨。我能听清其中一部分内容。跟米琪、一座桥和某个该死的女人有关。"很好，扎克。"我装模作样地应付着，不知是否应该指出他骂人的问题，"但现在太晚了。南斯已经睡了。"

"事情没有那么简单。"他说，"等一下。"

我调低音量，等了他几秒钟，然后告诉他我得睡了，挂断了电话。

可我睡不着，眼睛一直注视着南斯。失去母亲的悲伤依旧显而易见，至少在她睡着时是这样的。我知道失去母亲是什么滋味。我想帮她。想到能和她一起回去，我如释重负。即便她现在很难开口谈论这件事情，我也会陪着她度过悲伤。

第二天一早，我坐在床边喝着咖啡。昨晚那顿丰盛的大餐仍旧让我的身子感到疲惫而沉重。南斯已经去摄政公园跑完步回来了。她要准备工作了。

"你觉得我回家对你来说会不会压力太大？"我尽量保持语气不动声色，"木屋太小了。你会不会已经习惯了自己独处的空间？"

"哦，如果扎克晚上给你打电话，你可以下楼去接，就不会打扰我。"她回答。

我经常因为晚上接听扎克的电话把她吵醒。我会钻进木屋里唯一有门的浴室，坐在马桶上尽量压低嗓门，看着浴室上方栖息的蜘蛛。那里还会有家的感觉吗？

接下来的几天，南斯忙于工作，试图取消客户从日本飞往美国的旅行计划，因为一种名为冠状病毒的东西正在蔓延传播。她连续两个晚上一直打电话到深夜，肩膀明显背负着沉重的压力。

要是我们能出去吃顿晚饭，那该多好啊。但南斯告诉我，她已经不吃晚饭了。我表示，午餐吃得丰盛一些听起来非常健康，我也打算试试。可实际上我好饿。

南斯患有桥本氏症，一种会影响甲状腺的疾病。为了抑制病情，她会避免一切有可能引起炎症的食物，比如麸质、大豆和奶制品。一年前，她还戒了酒。我喜欢她和她的自律，真的喜欢，但也希望我们能吃着晚餐、喝杯鸡尾酒，做些什么。除了工作和发愁，任何事都可以。放下扎克对我而言很难。南斯则要依靠工作。我们都挂着自己的"拐杖"。

"我终于忙完了。"一周接近尾声的某个晚上，南斯宣布，"我觉得之后的工作应该就能清闲一点了。"

等南斯退休了，我们也许可以在英国找一处乡村别墅。这个想法我们已经讨论过好几次。让南斯搬来英国的梦想。我非常清楚，扎克需要和我生活在同一片大陆上。也许这是我自己的需要，需要承认我不能永远地离开。

有些晚上，趁着南斯照看米琪的工夫，我会去一楼的无边泳池里游泳，然后钻进热气腾腾的热水淋浴间冲个澡，允许自己哭上一会儿。我害怕失去南斯，还担心我已经失去了扎克的一部分。南斯也失去了她的妈妈。

我也害怕失去自我，失去思想。人生似乎充满了失去。

"怎么样？"看到我返回房间，南斯问道。

"感觉很不错。"我回答，"真的很棒。"

我向扎克临时住所的主人打听他的情况。他不让任何人进去打扫房间，也不允许精神健康团队的任何人涉足他的空间。他们打不通他的电话，也收不到他的回信。

扎克的社工表示，由于扎克不愿意参与治疗，她终究还是打算停止对他的服务，计划在周一上午举行一场多方会谈。他们询问我能否参与进来，帮助扎克出席会议。这场会议至关重要，因为它可以帮助我们在住宿的问题上得到适当的照顾和保障。但南斯和我已经计划去约克郡的波希米亚小镇赫布登布里奇过长周末。我们都很兴奋，计划周一再悠闲地返回伦敦。要是为了赶赴这场会议，我可能必须乘坐早上五点半的火车离开。

我让戈登去送扎克，但他的胸部感染还没好，他的妹妹也拒绝帮忙。扎克不愿意早起出席参加会议。我要求团队更改日期，对方却表示这是不可能的。

我没有告诉南斯，把这个秘密埋在了心里。我感觉仿佛要被撕成两半。

出发前往约克郡的前一天，我订了一份早餐。早餐是用铺着白色桌布的小推车送到房间里来的。有吐司（无麸质，南斯没吃，以防它并不是真正的无麸质）、素食香肠（她也不太相信），还有炒鸡蛋。这个她倒是吃了，尽管里面可能含有一点黄油。她还喝了西红柿汁和一些茶。薯饼里可能含有小麦，谁知道呢，所以她也没有吃。我把所有的东西都吃掉了，包括南斯剩下的那些，然后静静地盯着果酱旁的白色花瓶里插着的那朵粉红色的玫瑰。

"我想，等我重新回到小木屋，生活应该会轻松一些吧。"我告诉她，"我真的是这么想的。"

"我担心你回家后会焦虑。"认识我这么久，她对我了若指掌，"你现在一天听不到扎克的消息，心情就能跌到谷底。要是远在 5000 英里以外，那可怎么办呀？"

我努力想象未来的日子，感到一阵恶心。"我会努力应付的。"我保证会接受更多的治疗，努力变得更加独立，也让扎克变得更加独立。

我离开之后，南斯瘦了许多，也不再烹饪丰盛的晚餐了。她剪了短发，把头发染成了亮闪闪的栗色。新发型非常适合她，让她看起来比以前更年轻可爱了。

酒店的衣橱里整整齐齐地挂着无印良品、Zara、Urban Outfitters 的衣服，靠墙摆着四双鞋。在她摊开的行李箱里，袜子和袜子并排装在带拉链的袋子里。短裤和短裤放在一起。化妆品也有单独的位置。

另一方面，我却没有好好照顾自己。自从离开加州，我就没有染过头发，还胖了不少。南斯对我表达了她的担忧，说她从未见我这么胖过。她知道我的家族有癌症史。

我在酒店的浴室里称了称体重。南斯说得对。挫败感与失败感让我开始在碳水化合物中寻求安慰。我会站着吃东西，直接从煎锅里拿东西吃。我会在超市里边走边吃。

南斯出门上班后，我带着米琪去了摄政公园。由于刚刚下过雨，地上十分泥泞，我却没穿雨靴。沿着池塘散步，试图阻止米琪追逐鸭子。天气有点儿冷，虽然生活中困难重重，但我很喜欢伦敦，仿佛我是异乡来客，一切都是那么新奇。我重新爱上了自己出生的这片土地，这片留下我青春与过往的土地，曾被我抛弃的首府之城。我是一个陌生人，形单影只，心里的某个地方却十分自在，为我还能走出门、跟随呼吸走路感到安慰。

我习惯性地联系扎克。他的电话直接转到了语音信箱。我希望他没有看到有关病毒的新闻。现在不是让他担心的时候。我把手机放回口袋，好奇我以后会不会一直如此，想要知道扎克身在何方、过得如何。

第十五章
约克郡

"看看这景色。"南斯在一条乡间小路上放慢车速，拍了张照片。刚刚下过的一场雨把一切都染成了沾着露水的绿色。

"如果我们退休后真能搬来这里，我喜欢田地中间的那种房子。周围必须要有古老的石墙。"我坚称。

"是的，一定要是古老的农舍。"她回答，"不能离最近的城镇或村庄太远。而且要是需要翻新的那种，这样我们才能负担得起。"

这些对话拉近了我们之间的距离。我想问扎克能否和我们同住，但现在为时尚早，旅行才刚刚开始。我不想影响两人共度的时光，让南斯为难。我可以等等再问。

车子驶向周末租住的改建谷仓之前，我们在赫布登布里奇的商业街停下来，逛了逛当地的商店，在健康食品合作社里找到了有机农产品。南斯还兴奋地买下了一条新鲜出炉的漂亮无麸质面包。所有人都很友好。我们可以住在这里。

第二天一早，我们准备徒步前往哈德卡斯尔峭壁。根据当地人的建议，我们没有跨越最近刚刚被洪水淹没的考尔德河，而是选择了林地的上坡路。晨光透过针叶林照了下来。穿过米琪霍尔镇，想到家里那只可怜的小狗又要有新绰号了，我俩咯咯直笑。往前走了几英里的距离，小路开始向下延伸。我们看到一条水位高涨的湍急小河正在奔流，水声响亮。

我想起有段时间，扎克很喜欢陪我们散步，尤其是和南斯一起。那是两人的关系开始破裂之前的事情。他们就像两个电荷相同的物体，磁力相互排斥。有条徒步路线格外受我们欢迎。和这里一样，那条路线也位于水滨，围绕"瑞士人"瀑布。我们经常去那里散步，最后干脆就称它为"瑞士人"。

"瑞士人"是阿罗约斯克高原沙漠上的一片绿洲。我们带着戴尔和扎克同去的那一天，圣加布里埃尔山上下了很大的雪，融化的冰川令瀑布的水量更加充沛，填满了山下的水潭。鲜有人知的是，穿过水帘、爬上巨石，就能爬到瀑布的上面。

我们给两个儿子带路。瀑布上方是一座水池，但真正的魔力藏在更高的地方：那里有一座天然的游乐场。流水在岩石间蚀刻出一条光滑的通道，宛若一座壮观且完美的滑梯。戴尔和扎克已经脱掉了鞋子和 T 恤衫，准备顺着水道一头扎进冷得让人喘不上气的池水中。

"一浮出水面就大声尖叫。"我嘱咐他们。从我们所站的地方是看不见上面的水潭的，但我相信他们洪亮的声音能在峡谷的四壁间传递。

戴尔一马当先，轻松地顺着水道滑了下来。"呜呼。"我们听到他大叫了一声。扎克也爬上岩石，跳了下去。他高高举起双臂，紧接着就消失了。我竖起耳朵聆听他的声音，却什么也没听到。

我又仔细听了听，瞬间六神无主。

"扎克。"我放声尖叫，声音冷冷地回响在花岗岩上。

"他不会有事的。"南斯永远都是个冷静的乐观主义者。

"他肯定出事了。"我大喊，"他肯定出事了。"我想象着他在下滑的途中脑袋撞上了岩石，被漩涡卷入水下，掉进了下方的水潭。南斯谨慎地迈开脚步，看看能不能看到他。我呆呆地愣在原地等待，意识到这里没有手机信号。我想象南斯奔向汽车，驶向护林员站点，召来了一架直升机。直升机为了营救扎克，被迫盘旋在崎岖的岩石上方。

"他没事。"南斯看到他从水潭里爬了出来，大喊了一句。

他手脚并用地爬上岩石。"太酷了，我还想再来一次。"他的笑容格外灿烂，棕色的卷发滴着冰冷的潭水，甩到了我们身上。

"你瞧，塔塔，是你过分担心了吧。"南斯说，"扎克，看在你妈妈的分上，大声喊出来——你知道她这人什么样。"

回家的路上，我们沿着蜿蜒的洛杉矶克雷斯特高速公路行驶。戴尔和扎克在后座上睡着了。

"他肯定出事了。他肯定出事了。"南斯突然开始模仿我尖细的叫喊声。我笑了。"他肯定出事了"成了只有我们觉得好笑的家庭笑话，直到它变得不再好笑。

那片隐秘在森林里的宝地也变得不再美好。曾被我们视为珍宝的"瑞士人"瀑布如今布满了岩石涂鸦，水潭里充斥着泥沙，地上到处丢弃着啤酒罐。瀑布因为干旱正逐渐消失。近期史上最严重的一场火灾在当地的狮犬木中蔓延，在敏感人群中引发了皮疹，类似接触毒栎后产生的皮炎。但这不是我印象中的"瑞士人"。我印象中的它永远如同田园诗般，宛若一座以白色峡谷壁为墙的拱顶大教堂，让我们用独有的不羁形式举行洗礼。

如今我们分道扬镳，无法再像一家人那样，穿梭在这片飘散着柑橘香的约克郡古老林地间。但迈步走在小路上的南斯兴致高涨，令我也仿佛恢复了活力。我牵起她的手。不去谈论扎克。什么话也不说。我们大口地吸气，笑着看着米琪捡拾地上的树枝。我们跨过吉布森磨坊门前的小溪。那里属于英国文化遗产，开设了一家出售茶叶和自制蛋糕的咖啡厅。

我喜欢这里，因为随处可见穿着马丁靴的女孩和米琪这样的邋遢�犬。我更喜欢这里的氛围，重新思考着在某个更能包容差异的地方生活可以给我们带来哪些好处。

下午，在前往哈沃斯的路上，我才把要送扎克参加会议的事情告诉了南斯。

"我可以和你一起开车过去。"她主动提议。

"真的吗?"我不知道南斯是如何放下治好扎克的绝望,同时又能在现实中实事求是地提供帮助。也许我可以放弃组织行程,享受接下来的旅途?

返回住宿之前,我们的最后一站是要绕路前往网络广告中的一间农舍。我们想在合适的时机到来之前了解一下房价。天开始下雨。我们在土路上来回穿行,却怎么也找不到那座房子。突然间,南斯指向了天空中一片模糊的黑色阴影。它如同老式神奇画板上的金属屑,正一点点聚集起来。我们停下车,钻出来查看。

"我觉得那是一个椋鸟群。"南斯说,"燕八哥。"

充满活力的鸟群生龙活虎地向下俯冲,发出响亮的嗖嗖声。在它们头顶上,我们发现了一只孤独的猛禽。那是一只雀鹰或游隼。

"你知道这是我的遗愿清单内容之一吗?"钻回车里时,我问道。南斯点了点头。鸟群飞走了,但它的魔力挥之不去。找不到农舍的位置已经不重要了。

车子重新驶上主干道时,我说:"这个地方太特别了。如果我们能找到一块足够大的土地,你觉得扎克能和我们生活在一起吗？不是在我们楼上，也许是一座小木屋，或者是一栋附属建筑？"

"塔塔，我不知道。"

我心里多多少少是能理解的。我想起扎克突然停药的那段时间总是乱摔东西，用拳头砸墙、砸门、砸我的挡风玻璃。他还会把电话和游戏机放在街上，把我的笔记本电脑丢到前门的台阶上，这样"它们"就无法追踪到他。我不怪他，也不常提起这些，因为它们可能不会再发生了。但这些事实给我留下了欲哭无泪的悲哀。

"这里真的很美。"第二天早上，南斯在我们离开考尔德山谷时说，"不过我现在还没法做出任何有关买房的决定。"她似乎眼眶含泪。真希望我能够安慰她。我知道悲伤会像狐尾草的种子一样，深埋在人的心中。这种原产于加州的植物能穿透皮肤、深入人体。这些微不足道的时刻，是如此稍纵即逝。

开车赶回诺福克的旅程漫长而疲惫。我们走错了路，差点没油。最后我意识到我们已经无法准时抵达，于是打电话说，我和扎克不能来参加会议了。

不管怎样，我还是要一个人开着租来的车子去探望他。南斯则坐上了返回伦敦的火车。

第十六章
克兰沃斯

我打算在扎克家小坐片刻。我要安排时间处理的事情数不胜数，已然筋疲力尽，对这个世界充满了怒火。我为扎克不能自己起床去开会而愤怒，为南斯和我不得不缩短行程而愤怒，为戈登让我失望而愤怒，为戈登的妹妹让我失望而愤怒。

我紧紧拽着米琪，坐在扎克破旧住处的床边。床单脏兮兮的，毛巾也是湿的。

我注意到他把手机丢在了水槽旁边，紧挨着光秃秃的刨花板和消失的胶木。

"如果你需要找人聊聊，可以打电话给你爸爸。"我告诉他，"你也有自己的团队。依靠他们就好。我不会离开太久。"

他闭上眼睛。"我的银行卡不见了。"他沮丧得几乎说不出话来，"屋里的东西总是动来动去。"

"可能是我放的。"我回答，但我已经好几天没有来过这里了。但我不想让他担心。我沉默了。我说得已经够多了。扎克一言不发地凝视着双手，认真地审视起来。然后他抓起我的一只手，和自己的比了比大小。窗帘被他拉得更严实了。四周唯一的声响是几个住客在花园里聊天的声音，还有一只乌鸦孤独地嘎嘎叫嚷。我不确定除了再次重复"我爱你"和"再见"之外，还能对扎克说些什么。

我看着房间角落里那把落满了灰尘的吉他，想起他和戴尔以前经常抱着它弹奏某种名为小调五声音阶的东西，一弹就是几个小时。这种拨动琴弦的方式似乎很容易就能弹出一支曲调。也许每件事都会找到自己的节奏，就像兄弟俩用这些乐器弹奏的和声。我的妹妹佐伊凭借直觉就知道该如何处理她必须应对的事情。妈妈去世后，她一个人完成了悲伤处理的过程。也许在我离开这个国家之后，同样的事情也能发生在扎克的身上。说不定戈登可以接手这份责任。要是社区精神健康团队发现扎克变得彻底孤立无援，也有可能更加认真地对待他的困境。

我不可能是不可或缺的。和其他人一样，我终有一天会归于尘土。

我把米琪放到床上，看着它钻到扎克的手臂下，舔着他的鼻子，让他迎着光仰起了脸庞。

我打算在离开前上趟厕所，却发现浴室的房门上有个拳头大小的洞。一个新的洞，和扎克搬进来时就有的另外几个洞看起来很像。

"哦不，这是什么鬼东西？"我问。

扎克看了看自己的拳头，上面还留有那次事故后的红印。他喃喃自语地说，是脑海里的声音强迫他这么做的。

可能正是这个原因，之前住在这间房子里的年轻人也为自己受到的待遇感到愤怒和沮丧，用拳头在门板上打出了一个个大洞。也正是这个原因，旅馆的经理很早就放弃了修缮这个房间。

"你得从福利金里自掏腰包赔偿这些损失。"我说。

就这样，我离开了德勒姆。我不想离开，就像我不想留下来一样。我一如既往地夹在爱与怨恨之间，夹在对过去的悲哀和对未来的恐惧之间。我自己看不到的是，我正在逐渐加入一种新的阵形，一种我还没有学会全部动作的陌生舞蹈。

但我的伴侣在那里——我的团队，我的节奏。我必须找到他们，这样才能找到一种游刃有余的方式，向下俯冲却不会坠毁，睡着也能继续滑行。

我抵达朗厄姆酒店时，天色已经很晚了。扎克窝在房间里的画面一直伴随着我，令人心碎。我还有最后一天来决定是留在这里还是前往美国。第二天一早，我仍在拔河式的拉锯战中犹豫该如何是好。

南斯本来已经应该出门去工作了，却忧心忡忡地从浴室里走了出来。关于冠状病毒的情况，她了解的比我更多。也许新闻在她戴着耳机入睡时潜入了她的潜意识。也许工作会议让她对局势有多糟糕做好了心理准备。我停下来，仔细打量着她。

她走近我，把脑袋埋在我的脖子里哭了起来。刚开始是轻柔地呜咽，随后越哭越凶。我也哭了。我很少看到南斯号啕大哭，所以备感震惊。扎克第一次被确诊后不久，她哭过一次。她在通往地下室的楼梯上遇见了他，向他表达了心中的遗憾。我听到她强忍着泪水。她的父亲弥留之际，她每隔几个小时就要起床一次，哭着为他的舌头下滴吗啡。还有那一次在洛斯加托斯的农场里，我发现她把自己锁在车里哭泣。尽管看到她处于这种状态会让我不安，但这其实也是一种释放。我试着从中寻求安慰。

她放开了我，刹那间又恢复了平静，回到了那个不苟言笑的自己。"我不想让这件事情影响你。"她说，"我不想让它影响你的决定。如果你必须留在这里，我会没事的。我会的。"她说。

她去洗手间补好了眼妆，然后挥挥手，出门工作去了。有时南斯给我的感觉更像是英国人：紧绷的上唇，紧绷的情绪。直到此刻，她情绪突然高涨，如洪水奔流。

下午3点钟左右，我的手机响了。几周前，我联系了西诺福克一家名为"团结英国"的机构。这是一个能够提供住宿和家居生活保障的网络。电话是该机构的评估经理打来的。经理通知我，她已经和接待团队进行了沟通，如果我能自行支付扎克的费用，他可以搬进其中的一间公寓。我需要向他们提供一些文件，并允许他们来拜访扎克，以确定这是个合适的选择。考虑到我想尽快返回加州，我问她能否快点行动。

她说可以。

挂上电话，我想象着等扎克安顿下来，有全天候的工作人员提供保障，我就可以和米琪登上飞机。我终于可以喘口气了。总部帮我计算好金额后会再和我联系。这通电话敲定了这笔交易，影响了我不随南斯一起离开的决定。我要在英国陪伴扎克，直到他搬进新的住处。

我躺在酒店饱满的床垫上，紧闭双眼，想象着回到加州，回到象海豹的身旁。我已经错过了繁育的季节。断奶的幼崽们即将做好准备，踏上他们的处女航，在涨潮后留下的水潭和海湾里欢快地游动。我想到了他们的母亲，那些给幼崽断奶后轻易就能丢下他们的母亲。她们是如何摆脱身为母亲的一切责任，在深海中遨游。她们已经完成了自己的使命。这样的情景很快又会重演。雌性象海豹已经做好了准备，等待胚胎植入子宫壁。受精卵只有在雌性象海豹有机会觅食并再次发胖时才会附着——这被称为"延迟着床"。雄性成年象海豹也会离开新年湾，游到更靠近海岸的地方，寻找不同的食物。他们的迁徙路线更长、更危险，因为穿梭的水域里有更多的鲨鱼出没。

那晚，我被加州朋友发来的信息吵醒了。对方提醒我查看欧洲返回美国的航班状态。他说特朗普已经关闭了边境。我摇醒南斯，把这个消息告诉了她。

"不!"她放声尖叫。在一起17年来，这是我第五次看到她哭泣。

我们上网看了新闻。特朗普的确禁止了所有从欧洲的入境航班，但美国仍然对从英国返回的公民和居民开放。南斯明显松了一口气，我却忧心忡忡。万一情况发生了改变，我被困在了英国，怎么办?

她的爆发令我不安。她是不是害怕留在英国，因为这里的国民医疗服务体系不堪重负，还是说她只想回去工作、照看猫咪?我本能地知道，大规模传染病流行期间，在流水潺潺、人烟稀少的圣克鲁斯大山中生活肯定更加安全。我也知道，大洋另一边的草总是更绿一些。在伦敦长大的我始终渴望能有机会和贝蒂阿姨一起生活在美国。可在好莱坞的山顶小屋安顿下来后，我又开始思念家乡，思念朋友，和被我抛在伦敦的生活。我仿佛伸长了脖子，望着池塘的另一边，准备再一次逃跑。

南斯早早就醒了。她昨晚已将行李收拾停当，但还想最后检查一番。她一直特别看重准时出发。

"我不确定该住在哪里。"我告诉她，"我觉得我应该尽可能地靠近扎克。"

"诺维奇是个不错的地方。你可以从那里坐公交车去探望他。你喜欢那里。"她提醒我。

我点了点头。我没法把所有的东西都塞进从摄政街买回来的新旅行袋里，于是南斯动手帮我重新打包，用近藤麻理惠的方式卷起所有东西，还把我多余的衣服放进她的行李箱里，准备带回去。我觉得我好想让她把我也裹起来，让我也失去生机，这样我就不必心痛，或者非得做什么棘手的选择。

送南斯前往希思罗机场的出租车已经在外面等待。她把行李塞进后备厢，短暂拥抱了我一下。这一次没有眼泪。我和米琪一直等到车子开走才离开。我挥着手。车窗是有色的。我看不到她。我感觉受到了欺骗。

回到楼上，我开始查看诺福克的各种住宿地点，试着在爱彼迎网站上输入迪勒姆，但只能找到一间与某位医生合租的房子。

最终，我在一个名叫克兰沃斯的村庄找到了一间小屋。它位于迪勒姆南部郊外6英里处，拥有我所需的一切设施，而且今晚就能办理入住手续。房主住在毗邻的农舍主建筑中。她住的地方与我近在咫尺，这一点不太理想。我想要保持一些空间和隐私，以免扎克想要留宿。但为了找到一处住所，我的情绪已经愈发焦虑。这地方的评价很好，房主还被授予了"超级房东"的称号。她会为访客制作新鲜的苏打面包。我被说服了。

我在国王十字火车站坐上了一趟列车。米琪躺在我身旁的空座位上，垫着轻软的毯子。我身旁的两个人正在讨论冠状病毒的问题。他们大概是医学院的学生或职员，两人都在反复强调一个事实：人类对这种新型呼吸道疾病知之甚少。其中一个人撩起围巾，对着它咳嗽了两声。我感觉我畏缩了，身子慢慢靠向了窗户。坐在我对面座位上的另一位乘客在打电话，告诉电话另一头的人，她感觉不太舒服。

"我发烧了，嗓子痛。"她说。

我没有别的地方可去。火车已经满员了。我提起羊绒围巾遮住口鼻，不知道这么做是否过于谨慎。

我就这样躲在围巾下，直到火车驶入金斯林。

这里没有开往克兰沃斯的公交车，于是我跑去租车。我仔细看了看那辆大个的白色 SUV 汽车。

"这是公司剩下的唯一一辆车了。"司机说,"给你的租金是一样的。"

一个耗油的巨大怪物,但我还是接受了。我把行李袋和米琪放在车子后面,坐到前座,胸口仿佛正在被某种不确定感一下下抓挠。

我把车停在了扎克家。尽管那是个非常温暖的春夜,但他还是把屋里的暖气开到了最大。屋里充斥着难闻的气味,所以我打开了窗户。他躺在床上,身上缠着被单。这些天他似乎喜欢仰卧——平躺,却不得安宁,辗转反侧。他仍旧会穿着鞋子和牛仔裤睡觉,右臂枕在脑袋下面。我注意到他的肱二头肌看起来十分虚弱,由于缺乏锻炼而萎缩。

这个房间原先就很肮脏,现在无疑更乱,堆满了脏衣服、剩菜和乱七八糟的东西。地毯污秽不堪。出于习惯与恐惧,我开始动手打扫,担心扎克会在搬进保障性生活公寓前就被人赶出去。我必须不惜一切代价避免这种情况,即便它意味着我要从水池里捞出剩余的锅面。我想起多年前如何向南斯保证,不会跟在扎克后面收拾残局。我退步了吗?难道我没有办法吸取过去的教训?

我想知道，要是我抛下扎克不管，他得花多少天或多少个星期才能收拾干净？

他从枕头上抬起头，眉间顶着他这个年龄不该有的深深皱纹。

"我决定在这里再待几个星期。"我告诉他，"我想跟你聊聊搬去一间更安全的新公寓。并不是说这里不安全，而是换一个能够提供更多保障的地方。某个有人能帮你打扫卫生的地方。"

扎克让我慢慢说，一次告诉他一条信息。然后他指责我故弄玄虚。这话听起来很奇怪，充满了奥威尔式的极权。但我觉得，这意味着他的大脑除了幻听的声音也能听到我的声音。他在试图分析谁在说些什么，所以才会感到困惑。

他眨了眨眼睛。"你回来了。"他喃喃自语，"很好。"

这是我能得到最接近感恩的方式了，于是我接受了。

"那个冠状病毒是怎么回事？"他问。

我意识到，他肯定是在新闻里看到了什么。

"这话是什么意思？"

"我是说，那些胡说八道的消息。"

"我希望你是对的，小扎。"我一边回答一边按照国民医疗服务体系的要求洗手，洗到脑子里唱完两遍生日快乐歌为止。

"我在南边的村子里租了间房子。我先去考察一下。那里应该有张沙发床。如果你愿意，到时候可以去住上一晚？"

"当然好啊。"扎克同意了，紧接着却好像忘记了，或者根本没有听到我的话，陪我走到车边，试图跟我一起离开。

"不行，扎克。"我斩钉截铁地说，虽然我知道他觉得这里不安全，一直处在被人监视和谈论的范围内，"我得先去看看那里什么样。"

我离开迪勒姆的时候，天已经黑了。除了车道两侧大片大片的黑暗，我看不清周围任何景象，只能看到远处的树林黑乎乎的轮廓。

在小屋里入睡并不容易。我算了算回到英国后我睡过的房子和酒店数量，以及日子变得越来越像在流浪的事实。每天我醒来时，总有那么一两个瞬间不知道自己身在何方。扎克大部分时间都生活在这样的环境里，还经常被众人抛弃。我不知道那是什么感觉。

尽管戈登离开了我们，却并没有像我的父亲那样永远消失。我们知道他住在哪里，也知道他后来再婚了，和新婚的妻子又生了两个孩子。

那段时间，戴尔一直穿着黑色的衣服，上幼儿园时也经常用同样的颜色画画，还让老师们叫他戈登，仿佛是在服丧。扎克却似乎没有受到这次经历的影响。

"也许他太小了，还不明白。"我记得我对妈妈说过，"他看起来很好。"

戈登离开前几个月，扎克刚学会"达达"这个词。戴尔早早上床的那些晚上，戈登会把扎克放在膝盖上，唱起《去市场里买一头肥猪》，或者《骑着小公马去班博里十字路口》。有时两人还会玩"痒痒怪兽"的游戏。规则很简单：戈登高举手臂，佯装要挠扎克的腋窝、肚皮和下巴下方。扎克会期待地尖叫，但很少会被真的挠到。

我一个人躺在新家里，忍不住想起扎克就在我北边几英里以外的地方。他是多么不希望独处啊。比我更靠近内陆的戈登如今也只能自食其力了。戴尔是家里唯一一个身在美国的人。南斯正独自飞越大西洋上空。

难道扎克真的太年幼，无法理解父亲的离开吗？难道有哪个完美的年纪可以让你甘心与父亲告别、看着他开始新的生活？

　　分手后，戈登每个周日都会过来，带孩子们出去玩上几个小时。为此，戴尔总是会做好准备，有时还会因为要回家，哭上一鼻子。要是戈登和他的新家庭没有邀请他去度假，他也会哭鼻子。相反，在一片混乱中踉踉跄跄着踱步的扎克就没有那么焦虑——至少看起来是这样的。他似乎从来不像戴尔那样迫切地需要父亲、渴望得到他的关注与喜爱。这种情况直到现在才有所改变，但现在并不是什么好的时机。戈登的女儿也同样需要他。她年纪较小，是家里唯一的女孩，从某些方面来说，我很难理解她为何仍然排在他心里的第一位。

　　戈登与扎克有着太多的共同之处。父子俩都喜欢茶、加糖的牛奶咖啡、饼干、香肠、薯片、迪士尼电影、手卷香烟。两人还都是历史迷，但这还不够。对我来说不够。我想让扎克得到更多。当戈登说起"我的儿子"时，我希望扎克能有一种完整的归属感，并且心安理得地知道，即便他的情绪、恐惧和极端状态会带来痛苦，他也能得到包容、理解和扎实的拥抱，没有任何东西或任何事情会从中作梗。

第十七章
靠边停车

　　我走啊，走啊，走啊。米琪回过头看着我，叼起一根树枝甩来甩去，拽着牵引绳。这里的车道很窄，没有铺砌，但没有关系，因为路上唯一的交通工具就是一辆孤零零的拖拉机。我路过一座骆驼农场，想起了洛斯加托斯山上的弗兰克与欧莫尔。无论是新年湾还是这里的荒野，抑或是可以追溯到是4世纪的圣玛丽老教区，壮观的户外景观都能给痛苦心灵和精神萎靡带来安慰。难怪如今的国民医疗服务体系医生纷纷开始开具自然浴的处方。

　　在克兰沃斯，我看不到有任何乡村生活迹象。邮局变成了住所，唯一能够证明它原本用处的线索是前面花园里那个红色邮筒。当地的图书馆和教堂也经过了改造。正如匾牌上所证实的那样，教堂修建于1838年，拥有朴素的砖石门脸和华丽的拱形窗户，里面是一座旋转楼梯和一个古老的石头壁炉。对住在那里的家庭来说，它看上去就是一处宁静的避风港。

在前往绍斯伯利的路上，我路过了一家熏鱼店。巷子里的招牌上写着最新的渔获：5英镑两片鳕鱼。我越来越相信，在等待保障性住房的过程中，让扎克和我一起来这里住上一晚会很有帮助。我们可以把他的生物钟调整过来——早上散散步，晚上吃新鲜的鱼。

我继续前行，除了树叶沙沙作响，耳边唯一的声响就是农夫们安装的防鸟器偶尔发出的响亮爆裂声。噪声会让我联想到枪声、小猎犬、军号和骑在马背上的人。这里仍旧允许狩猎，只要持有许可证就行。这样的做法似乎过时、错误。从某种意义上来说，扎克也在被人追捕。虽然那些贬损的声音源自他的内心，但还是令他走投无路。我担心时也会追踪他的行迹。警察和他的心理健康团队也是如此，而且这是出于我的坚持。

在诺福克突然刮起的狂风刺激下，米琪全身上下都动了起来，渴望让我带它去田野里奔跑。我可能应该继续顺着周边蜿蜒的公路行进，但米琪不这么想。我为它解开牵引绳，它在荒地上跳来跳去，逗得我哈哈大笑。

要是我能像解开狗绳上的金属扣那样，轻易将扎克从痛苦的缰绳中解救出来就好了。我想象着无法阅读、无法写字对他来说是怎样的滋味；没有电脑、没有工作、没有汽车、没有亲密的伴侣，只有一个人可以满足他所有的需求——我。难怪他总是不能把一只脚迈到另一只脚前面，难怪他无论身在何处，都喜欢原地躺下，因为他无法忍受身为人类的直立生活。

"塔塔，你不可能明白扎克的感受，也不应该每次都事后诸葛亮。"我的朋友简妮警告我。是这样吗？

回到霍利农场的入口，我在进门前又细细思索了片刻。一朵云飘进了我的视线。太阳从背后照亮了它的轮廓，让它的边缘闪耀着希望。我试图把注意力集中在那些光彩夺目的时刻，那些扎克面带微笑，或是在莫里森超市中间傻傻跳舞的瞬间。回到小木屋，我因吸足了氧气而感觉元气满满。我给"团结英国"的经理拨了个电话，询问她是否已经找机会和团队谈过，以及我和扎克什么时候可以过去参观。她告诉我，她想安排我见面的工作人员不得已早早休产假去了。

"你能再多等几天吗？我可以告诉你自付的价钱，看看需要什么文件。"她说。

"当然。"我回答，心里却十分失落。我想到了特朗普政府关闭边境、航空公司取消航班，以及飞行过程中感染病毒的风险。几天似乎就是永久。

午饭后，我前往迪勒姆接扎克以及拿他要洗的衣服。开车经过礼拜堂时，我的手机响了。扎克的社工通知我，她给扎克寄了一封信。信中说，如果他不配合团队工作，就要被迫退出服务。我努力解释说，他之所以缺乏互动，是恐惧和创伤造成的。我还询问是否有人愿意花时间陪陪他，即便什么话也不说。她重申，根据《精神健康法案》，如果扎克被认定具备行事能力，是有权拒绝治疗的。当我试图强调我们的情况时，她提醒我，根据隐私法，她在没有扎克允许的情况下不能进一步讨论细节。

我想要放声尖叫。我知道他的团队工作繁重，资源不足，也知道他们认为扎克是个棘手的案例。他被归类为"疾病感缺失"——这在临床上是指对自己的困境缺乏洞察力。他们还认为他很固执。这在生物医学模型中形容的是那些拒绝服用抗精神病药物的人。

我回想起扎克在金斯林的住院经历，以及他拒绝氯氮平试验后被医院劝退的事。如今，他的社区精神健康团队也不想管他了。我感觉我再次孤独地面对着这样一个事实：如果"团结英国"不接受扎克，或者扎克不接受"团结英国"，我们将陷入与去年类似的处境。唯一的不同在于，如今我们身处大洋的另一边，完全孤立无援。

我来到王首酒店，快步走进去找经理谈了谈。

"我没上飞机。"我说。

"很好，因为酒店可能要关闭。"

"扎克住的那个区域也会关闭吗？"我问。

"没有，只有公共区域。"

扎克并没有好好利用过那些区域。他一周原本四天可以享受煮好的早餐，可即便他能按时醒来，也怀疑主厨烹饪的食物有问题，无疑不会去吃。他也没有去过酒吧。但经理和他的助理白天都在这里值班，能为扎克提供某种程度上的安全，至少对我来说是这样。知道每天早 10 点到晚 11 点都能有人接听电话，我会感觉安心不少。

"我们可能暂时还不会关闭。"她说，"我猜首先进入封锁状态的应该是伦敦。"

我知道她在努力安慰我。但一想到扎克可能在无人值守的情况下独处，还有可能被取消服务，我不自觉咬紧了嘴唇。

"我还是会来看看那些容易受伤的客人。"她补充道，"每周一、周三和周五的上午。唯一的问题在于扎克不给我开门。清洁工也很久没有进去过了。"

"我知道。我很抱歉。我会再和他谈谈的。"我想告诉她，扎克害怕紫色的厕所漂白剂，可能也害怕清洁工，但我不知道什么该说、什么不该说，也不知道什么话有用，什么话有害。

我接上扎克，把他的脏衣服丢进车子的后备厢。

"就一夜，扎克。"我解释道。虽然我很想让他在乡下住上一段时间，享受无微不至的母爱。但我也知道，超过24小时对我们母子来说都不是最好的治疗方法。长期留宿会让我身心俱疲，意味着我要努力适应他夜间活动，而且也会破坏他通过社区服务护理计划获得保障性住房的机会。如果专业人士认为他的需求已经得到了满足，就不会把他的住房状况视为优先事项。我发现无论是在这里还是美国，这对许多家庭来说都是一个难题。

回到霍利农场，我抽出客厅里的沙发床。扎克打开电视，像只探索新栖息地的猫咪一样四处闲逛，还闻了闻我正在准备的食物。

"小扎，去厕所洗手。"我吩咐他，"至少要打泡揉搓二三十秒。"

"我出发前洗过手了。"他抱怨起来。

我想到和他共住一片区域的另外三名访客也会使用那扇大门。或许还有他们的访客。每日的病毒简报都在强调洗手的重要性，强调肥皂如何分解保护病毒的脂肪层，以及在疫苗研制出来前，洗手为何是我们最有效的措施。

"扎克。"我提高了嗓门，脉搏和血压也随之升高。

他溜达进浴室，几乎没有碰香皂。他可能觉得那东西有毒。

在各路媒体发布的恐怖图像狂轰乱炸下，面对人类对这种病毒知之甚少的事实，我突然气不打一处来。我为他担心害怕。2009 年，在好莱坞的洗衣房里，我曾为他担心，如今却想要逃跑，以防他已经感染上了病毒；或是想把他锁起来，阻止他进入公共场所。我想要强迫他洗手，但我做不到。他已经不是个小男孩了。

晚饭后，他想喝杯碳酸饮料，但我已经准备上床睡觉了。还在开门营业的商店最近的也在 5 英里之外。我努力保持坚定不动摇。我想到了加州的全国精神疾病联盟组织里的那些妈妈。她们也和自己的儿女生活在一起。她们会比我更严格或是更包容吗？我为什么就不能以扎克尊重的方式立规矩呢？我认识的那些拒绝与子女一起生活的母亲都是为了摆脱这样的纠缠。乍一看，她们似乎生活在自由之中，但我能看到她们笑容背后的伤。我也能看到她们是如何用游说来打发时间的。

我上床睡觉时，扎克还在看电视。我的房间里有两张拼在一起的单人床。夜里，扎克穿着他的户外衣悄悄爬上了另一张单人床。我把我的床拉开了几英寸的距离，希望能在房间里留出两个独立的角落。但即便租到了如此完美的地方，扎克还是会想靠近我。他需要陪伴。人类是群居动物，尤其是当我们缺乏安全感的时候。

清晨时分，天还没亮，我被米琪叫醒，它想出去。扎克跟着我们出门，一起看着星空。银色的星星点点在黑暗天空中闪烁、舞蹈。

扎克从初二开始就对天文学十分着迷。多少个晚上，我们全家坐在大橡木餐桌旁，听他为我们讲述超新星和大爆炸的理论。他曾就黑洞和红矮星问题采访过加州大学洛杉矶分校的安德烈娅·盖兹教授。盖兹后来证明了银河系中心存在超大质量黑洞，获得了诺贝尔物理学奖。

我永远无法真正理解这些事情，就像我无法理解扎克对国际象棋和莎士比亚的热爱，但这并没有阻止我一遍又一遍地询问他，它们是如何运作的，万物是如何在浩瀚的天空中运动的，潮汐又是怎样受此影响。有时他会摇摇头，傲慢地回答："你不会明白的。""但我想试试。"我告诉他，"我想要试着弄清楚这一切。"

有时，当扎克失去安全感，我就会引导他回忆有关星星和行星的问题。我会问他一些他还记得的问题，那些抗精神病药物和创伤还不曾入侵过的地方——我们曾一起短暂藏身，那时他还可以做我的老师、让我在他课程的魔法中寻求庇护。

天蒙蒙亮时，扎克不想再走了。他不想去看我发现的公共马道，也不想吃熏鱼。他想回迪勒姆，去莫里森超市买薯片、三明治和碳酸饮料充饥。于是他毫不费事地抱着洗好的衣服、握着苹果手机，回到了自己的住所。

在我离开市中心之前，他发来短信，说他需要每天的零花钱。我把车停在路边，给他的账户转账。多年来，我一直在给他定量打钱。他已经习惯了，因为他以前经常无法妥善管理钱，如今似乎都不敢亲自制定开支计划。我想把这项责任和另外几项责任安全地交还到他手中。

第二天，我担心自己会感染新冠病毒、让扎克失去保障，于是打电话劝他和精神健康团队合作。我内心里清楚，他们不会把扎克放在第一位。因为他能吃能喝，也不想从大桥或立交桥上跳下去，更不会伤害任何人。团队已经学会了只对最危险的情况做出反应，同时希望其他人都能好好活下去。

当扎克的电话一直转到语音信箱，我开车赶了过去。他的房门一直敞开着。他正在熟睡，房间里和我在洛杉矶常去的韩国水疗中心一样闷热。淋浴开到了最大。棕色的脏水如小溪般从卧室的墙壁上落下。浴室的地板已经被浸透了。我试着叫醒他。

"你到底在做什么啊？"我在喷头的噪声中问道，

然后跑去关水。他终于醒过来，若无其事地说他需要淋
浴来制造白噪声，盖过脑海里的声音。

"但你损坏了屋里的财物！我们得支付修理费。你
可能会被赶出去的。"

第十八章
封锁

我的手机铃声大作。我订阅的所有新闻频道都在乒乓作响。

不仅是伦敦。整个国家都将进入封锁状态。

"封锁"一词渗透在新闻推送的每一条信息里。

我打开电视,鲍里斯·约翰逊正在面向全国发表讲话。

"在冠状病毒的威胁日益严重的情况下,我们必须留在家里,保护国民医疗服务体系。除了以下理由,任何人以其他原因离开家,警察都有权对其进行罚款。

"购买生活必需品。

"每天一种形式的锻炼——可以单独锻炼,也可以和家人一起锻炼。

"外出上班——但只能在无法居家办公的必要情况

下。医疗需要，或为弱势群体提供护理。"

"哦，感谢上帝。"听到最后一条，我松了一口气。

我给戴尔拨了个电话。加州已经封锁 4 天了。他无法去冲浪，也没有去练习巴西柔术。他违背一切本能，被迫待在家里，眼看就要患上幽居症。

我把米琪塞进车子的后座，叹了口气，朝着迪勒姆驶去。扎克已经去超市了。这很好，也很吓人，因为他拒绝佩戴口罩。我努力朝积极的方向去想，想起他曾连续几天因为恐惧窝在床上，心情低落得如同东盎格鲁沼泽。至少他现在清醒了，正在融入这个世界。

"我想和你好好谈谈。"我解释了一下封锁规定。

"让我先打完这局。"他全神贯注地玩着手机游戏。

我不耐烦地等着他放下手机。

"你要不要和医生谈谈抗精神病药物的事情，以防万一？给你的哮喘配个吸入器怎么样？我知道你已经很多年没有发作过了，但做好准备是不会错的。"

"不用了吧。"扎克重新拿起了手机。

"我这是务实。"我回答。我和他保持着一定的距离，同时拉起 T 恤衫挡住自己的口鼻。过去我经常看到扎克这样做，如今也模仿起他的动作。衣服的领口紧绷在我的脸上。

"如果我们再等下去，想要得到所需的东西就很难了。需求会很大。如果我病了，就无法为你取任何东西了。"

"没关系。"他回答，"我们能开车出去兜兜风吗？"

我不知道他是真的这么快就忘记了规定，还是我的声音没有盖过他脑海里的其他声音，以至于他一开始就没听清。

"不行。这是不允许的。"我回答。我环顾四周，看着堆积成山的外卖空纸盒、剩菜和脏衣服。我什么也没碰。我在报道中读到，病毒可能存活在各种表面：布料、纸板、锡箔纸、塑料、金属。

"你会打扫卫生吗？"我问。

"会的。"他回答，却并没做出尝试。

"我要带米琪去牧牛人沼泽。"我说。

扎克伸手去拿鞋子。这是他今天第二次外出。对此我非常开心。但是在公园的入口处，我要求他别和我靠得太近。我跟在他身后几步远的地方，看着他插在口袋里的手动来动去。他的身形比以前更瘦削了。我担心这种警惕会给他带来不好的感受，却无法控制自己。也许他是无症状病毒的携带者。也许他已经病了，却没有告诉我。这些日子里，他都不怎么说话，至少不怎么和我说话，但我听到过他高声回应脑海里的那些声音。他有时还会用手指堵住耳朵，试图把那些声音挡在外面。

我的手表显示，现在是 11 点 11 分。我闭上眼睛。根据加州针灸师卡洛琳的说法，我们应该留意这个十分神圣的时间点。于是我经常在时钟走到这一刻时为同一件事祈祷。吹灭生日蜡烛时，我也会默念同样的愿望：希望扎克的生活能够少一些恐惧。希望我最小的儿子能够找到属于他的道路，不只是一瞬间或一天，而是一生的道路。

开车返回王首酒店的路上，戈登打电话告诉我，他接到医生的通知，他在临床上属于易感人群。

"在接下来的 12 周时间里，我都不能离开家，也不能接待任何客人。"他咳嗽了两声，像是怕我不相信他的话。

"你打算怎么办？"我问，虽然这个问题应该是他问我才对。

多么讽刺啊！我们飞抵这个国度就是为了让扎克能和父亲相处，但现在所有人都只能为自己着想。出于需要，我和扎克都得待在单独的"泡泡"里。戈登也要待在他的"泡泡"里。

"我还想去之前为扎克找的住处看看。"我说，"我想回家，只要一会儿就好。"

"这不属于必要事务。"戈登提醒我。

他是对的。工作人员可以安排我们通过在线视频参观住宅，但那里现在既不允许参观，也不允许新人入住。

我试着想出一条策略，致电扎克的护理协调员、社工和房屋事务主任。"我想制定一项计划，以防我抽不开身。"我对每个人重复道。

一切努力似乎是徒劳。所有人都必须居家办公。扎克想找人说话时可以打电话给他的团队。但我保证他不会这么做。王首酒店的经理接到命令，要关闭酒店的公共区域。扎克现在比以往任何时候都更脆弱。他只能窝在旧马厩区的房间里，没有任何能够面对面为他提供服务的人。

我想保证他的安全，但一切都已陷入停滞。最重要的是，我知道我们早晚会收到取消为他服务的信件。

和美国的情况一样，这里的一些精神病房也被指定为新冠病区，分配给检测呈阳性的隔离病患。如果说新冠肺炎之前床位就不多，现在就更少了。虚弱的隔离病人在床上通常一躺就是好几天，或是要在警察的拘留下等到空出床位为止。

我一直指望的那家保障性住房的招募负责人解释称，他们可能还需要一段时间才能给扎克提供一个名额。我意识到我还不能离开，现在不能，也许永远都不能。远走高飞似乎是我能强加在我俩身上最残酷的手段。我知道我救不了他，但至少我能陪他一起。

南斯依旧希望"团结英国"能够履行承诺，但我明白，扎克的情况并不会让她崩溃。有时我非常羡慕她，甚至想要成为她。我也想成为戈登，成为戴尔，成为除了我之外的任何人。我想消失在野外不再回来，永远扎根于诺福克的风景中。在那里，我可以眺望到远处的风景，眺望几英里以外的开阔地平线。

扎克的邻居告诉我，他们有时会在晚上看到他光着脚走在路上。他们坚称我需要做些什么。还有几次，他会在寒冷的夜晚不穿外套就溜达进沼泽。通过追踪他行踪的应用程序，我看着他化身为一个小点，在我的手机屏幕上移动。这一切都令我深陷焦虑——他的自主，我的自主，还有我在拨通报警电话前必须等待的那段时间。

今天的诺福克一片沉寂。灰色的天空和大海如同斯坦纳的调色板，轻松地融为一体，让我想起了在新年湾值班的某个特别的冬夜。我和另一名志愿解说员被派往湾头滩的瞭望台。我们躲在防水雨披下，低着头抵御大风与海浪。她告诉我，截至目前为止，近期的巨浪已经卷走了 6 个人。

"你永远不能对大海置之不理。"她说，"你经历了五六次的风平浪静，第七次就有可能被浪头拍倒在地。"

在我们讨论北加州海岸的危险时，一个男人朝我们走了过来。他穿着合身的运动防水雨衣，脖子上挂着一副昂贵的望远镜。我以为他会询问象海豹的事情。但他对象海豹不感兴趣，也不关心鸟类或濒临灭绝的旧金山袜带蛇。他要寻找的是一个 12 岁男孩的尸体。男孩几天前在 30 英里外的海岸边被卷入了大海。

"他当时穿着绿色的 T 恤衫和白色的短裤。"搜索队的男子说。

这个故事深深触动了我。男孩是和父亲以及 8 岁的弟弟一起被卷入海中的，但那个温暖的假日午后，大海将另外两个人推回了岸边。两天后，搜救队取消了行动，不过他的家人还是希望寻回他的尸体，以便安葬。这也算是一种哀悼，一种了结。但我很想知道男孩父亲的心里是否能够真的平静。他在海上背过身去，活了下来，他的孩子却没有。

我知道我的痛苦与他不同。我没有因为溺水失去孩子，却无法停止惦念那个家庭。我一直在留意 T 恤衫的绿色和短裤的白色。那天晚上，我在电脑上浏览新闻，看到了她——男孩的母亲。她低着头，无法看向镜头，一个字也说不出。我不忍目睹她的痛苦，也无法对这场悲剧释怀。仿佛我认识这个家庭，仿佛那就是我的家庭。我要感谢这世界能让扎克留在我身边的一切。

住在克兰沃斯的小木屋里时，我曾试图顺应疫情的洪流，而不是与之对抗。有的日子，我同意开车载上扎克去海边，敞开车窗，希望不会有人把我们拦住。途中，扎克似乎能平静不少。他凝视窗外，默不作声观察着空荡的马路，到了目的地却拒绝下车，而是让我继续向前开。和我一样，他也不想停下。他也想要重温过去、分享回忆，有时还不同意我的说法，甚至认为他已经12000岁了，或是来自澳大利亚，抑或是被领养的——他说这些真相他都心知肚明。我沉默不语，至少我已经吸取了教训。

我给扎克的医生打电话那天，他认为一切情有可原，同意在不与扎克交谈的情况下为他开一支吸入器和一些抗精神病药物。我想问诊所能否将我列为临时登记患者。行政工作人员同意为我登记。临时患者没有资格接受常规医疗程序，但我如果感染了新冠病毒，可以接受急救的治疗措施。我松了一口气。

我沿着通往庄园农场诊所的蜿蜒乡间小路，动身前往斯瓦夫汉姆。巨型的风车矗立在大地上，如同一只只机械怪兽，用金属手臂劈开天空。这个情景仿佛属于另一个世界。四周一片沉寂。孤独行驶在路上的我。单车道两旁茂密的树篱。我想念南斯。真希望她也能看到这番景象。

车子经过绍森德巷时，收音机响了，吓了我一跳。是古典音乐调频，妈妈最喜欢的广播电台，每天早上叫她起床、晚上哄她入睡的广播电台。它就像变魔术一样活了起来。更奇怪的是，电台里播放的是布鲁赫的小提琴协奏曲。这是她最喜欢的曲子，所以我们选择了它作为她的葬礼配乐。我把车停在荒芜的农场入口处，泣不成声。

我对古典音乐和歌剧一直十分敷衍，直到哥哥丹慷慨解囊，自掏腰包带我们兄妹三人和妈妈去了趟维罗纳。那里是她晚年挚爱的朱塞佩·威尔第出生的地方。"舞台上的演出就是不一样。"她低声称赞。她和我们一起坐在露天的圆形剧场里。一片黑暗中，火星在夜空中清晰可见。四重奏响起，小提琴划破依然温暖的夜空，她握住了我的手。我同情被抛弃的恋人，同情自己，也同情妈妈。心中涌动的悲哀令我热泪盈眶。我好奇她能否知道，这段真正被音乐打动的回忆将伴随我一生。

我将音量调大，跟着哼唱起来，声音因为激动而变得嘶哑。我决定晚些时候把这段经历讲给扎克听。

来到诊所，我填完新病人的表格，在停车场里排队等待取药。前面的男人转过身来和我说话。我拉起 T 恤衫当口罩，紧紧捂住口鼻。

当我带着药停在迪勒姆时，扎克正紧盯着天花板。今天又是一个低迷的日子。我坐在床上，米琪舔着他的脸颊。

"我放点儿音乐好吗?"我问。扎克点了点头。

我把车里发生的事情告诉了他。"我知道这听上去十分荒谬,但我感觉她来找我了。"他并没有嘲笑我。也许意识的变异反而能让他更接近祖先的灵魂。

我把手机放在我俩之间。玛利亚·卡拉斯和帕瓦罗蒂的歌声充满了简陋的房间。我很感激扎克热爱音乐。他的眼睛似乎会根据光线或情绪从灰色变为绿色,再变为琥珀色。他今天的眼睛就是柔和的淡褐色。他的嘴巴微微皱起。我能看出,他被感动了。

"你还好吗,妈妈?"他问。他很少好奇我过得怎样,还经常不相信我是他的妈妈,所以这样的反应算是一种恩赐。

我放了《玛侬·雷斯考特》中的《复活节赞歌》,当然还有布鲁赫的小提琴协奏曲。伴随乐声回荡,我发誓:我将努力不因恐惧、胁迫或哄骗采取行动。我会更接受扎克,接受自己,接受封锁。我是安全的,扎克还活着。通过音乐的馈赠,妈妈好像重新回到了我的生命中。

"小扎,我爱你。"出门前,我告诉他,"药放在你架子上的包里了,剂量很小。你自己看着办,好吗? 完全由你选择。但你要记住，对大脑来说，慢慢冷静下来要比快速戒断更容易。"

我想起了多年来与他讨价还价的过程。*只要你吃药，就可以和我们住在一起。只要你接受药物注射，就能拥有一间属于自己的小公寓。只要你坚持吃药，就能去英国。*扎克总是坚称那些药有毒，是没有必要的，会让他感觉迟钝、镇静、发胖。其实没有什么能让吃药成为一种容易的选择。戒药就像攀登珠穆朗玛峰，持续服药又像是在山上等死。但我不能再做缉毒警察了。我也知道，相信它们是神奇的万能灵药是错误的。

除了那些曾经"精神病发作"的患者及其家庭成员，这世上还有许多精神科医生和心理治疗师也都和我一样，经历过"哦，糟糕"的瞬间。詹姆斯·戴维斯博士是一名心理治疗师，也是《精神失常：精神病学为何弊大于利》一书的作者。他透露，在过去的 20 年间，尽管精神病学研究方面的花费高达数百亿英镑，国民医疗服务体系在精神健康方面的年度预算达 180 亿英镑，成年人口中有 25% 在服用精神药物，但接受治疗的病患病情却越来越糟糕。批判心理学网络的创始成员之一、精神病学家乔安娜·蒙克利夫也对"精神障碍只是大脑疾病"的观点表示怀疑。她致力于减少制药业的影响力，为基于医药模式的狭隘实践寻找替代方案。

这些观念存在争议，但我相信它们的价值。有些真相很难让人接受，尤其是当它们与大企业的力量和主流范式相抗衡时。我所能做的就是试着去信任，赋予扎克更多的主动权，也尽可能地保持自己的状态，这样才能尽可能长久地在这个世界上陪伴他。

尽管根据规定，每天分配给锻炼的时间只能有一个小时，但我和米琪每天至少要散步五六英里，甚至是七英里的距离。我每晚还要去探望扎克，给他送食物。他经常睡着，但如果他醒着，我们就一起看会儿电视。他喜欢轻轻抚摸米琪。我努力不去担心感染或病毒传播的问题。

虽然封锁将我与扎克之外的所有人都隔离开来，但友情和 Zoom 等在线平台的突然流行却将我与多年没有联系过的人连结在了一起。我每天都会和南斯聊天，通过视频参观农场各处，还看到了新来的成员：经常到访我们小屋的两只山羊和一只公鸡。南斯给公鸡起名为哈德逊，还为它做了把梯子，这样他就可以在树上栖息，不会被土狼吃掉。

　　我主动提出给扎克买台平板电脑，希望他也能与人联络，获得如今已经挪至线上的各种保障与支持，或是下下国际象棋。他对拥有一台新电子设备的想法不感兴趣，他现在不相信科技。

　　为了寻求安慰，我盯着屏幕的时间不降反增。我会和如今已经定居法国的朋友丽萨一起上艾扬格瑜伽课，还重新联系上了家住斯瓦夫汉姆的老师麦克和他的妻子卡米拉。我不用开车前往他们那座乔治王朝风格、光线充足的工作室，而是可以通过 Zoom 上课。这对夫妇最终与我结下亦师亦友的情谊。这段充满不确定性和挑战的时光将我们团结在了一起。

　　每周两次，我穿着睡衣溜达到霍利农场小木屋的客厅里，摊开瑜伽垫，将身体摆成各种伸展姿势：下犬式、婴儿式和战士式。

　　我感觉自己就像个战士，但这和百折不挠还有所不同。身为战士意味着要坚持抗争到底。百折不挠则源自接受与成长。我想要百折不挠，想要学着什么都不做，想抵制对扎克的处境做出武力反应的欲望。除了季节和景观的外在变化，丽萨还谈到了内在的变化，告诉我们一切终将过去。

"我们不应该害怕改变。"她引用艾扬格瑜伽创始人B.K.S·艾扬格的话告诉我们,"相反,我们应该欢迎变化。"

这句话宛如一场及时雨。犹太传统中有个节日名为逾越节。在《出埃及记》中,以色列的上帝给埃及带来了十场灾难,迫使法老将以色列人从奴役中解放出来。如今的疫情就如同一场灾难,只不过我们面临的不是水变成血,变成青蛙、虱子、牲畜瘟疫、疖子、冰雹、蝗虫、黑暗,而是一种会攻击肺部、如同野火般蔓延的病毒。我不喜欢逾越节的无酵饼,也不喜欢阅读《哈加达》中的《出埃及记》时用到的苦涩药草。我欣赏的是人们一起参加仪式盛宴或家宴,欣赏的是故事的核心——解放。我为自己,为扎克,为我们所有人寻求的解放。

第十九章
教训

精神健康系统和以往一样支离破碎，如今更像是用一块黏糊糊的膏药勉强粘在一起。我担心疫情是阻止扎克被驱逐的唯一原因。阻止人们随意走动的法规已经到位。但我相信，由于他无法妥善照管屋里的财产，被驱逐只是时间问题。

像我现在这样后退，感觉就如同背对加州的巨浪，那种能卷走孩子的巨浪。我甚至不知道我还在等待什么，除了扎克能从这一切中走出来、找到人生意义的那一刻。

克莱尔·比德维尔·史密斯的书《焦虑：悲伤过程中缺失的阶段》让我明白，我的神经系统也出现了失调：呼吸浅薄而急促，一想到过去就会浑身发抖。戴尔也受到了昔日创伤的影响。他通常不爱表露自己的情绪，却开始通过脸书的通讯功能和别人聊天。我们会分享一些应对策略，包括深呼吸、抖动四肢、冲冷水澡。戴尔向我介绍了巴塞尔·范德考克的《身体从未忘记》。我这才明白，我为何很难远离扎克。恐惧点燃了我大脑回路中的"战斗或逃跑"反应，同时抑制了能让我变得百折不挠的区域。它就驻扎在我的身体里，让我陷入困境，让我心存恐惧。它是真实存在的，不是我的错。我就像个老兵，在异乡的前线参与了一场漫长而血腥的战役。我得知道如何呼吸，在需要的时候学会自我调节，这样才能为扎克所用，而不是夺走他独立选择的能力，或是允许其他人这么做。

我知道自己应该得到一些自我同情，但很多时候还是会羡慕"正常"人的"正常"行为。银行假日下午的烤肉香气，全家外出骑车的景象，和某个对自家儿子赞不绝口、夸耀孙子即将出生的人聊天。这些都让我喘不过气来。我甚至嫉妒身在北加州的心理医生凯伦。当初我不确定该如何行事时，曾找她咨询过几次。她可以和全家人一起待在家里。凯伦帮过我许多，却治不好我。我也治不好扎克。我们会相互提醒，直到我累得再也无法交谈和倾听，才明白扎克将自己封闭有多容易。

南斯说我有进步。扎克似乎也更快乐了。我们就如同一个悬挂的活动装饰品。当我摆动到一个新的位置时，家里其他人的位置也会随之改变。

我发现扎克会自顾自地傻笑。他告诉我，有只鸟在和他说话，或者其中一个声音是亲切、诙谐的话。他看上去还和以前一样，像是在和一个好朋友开玩笑，直到4月的一个晚上，他在晚上9点20分给我打电话，说他被人揍了一顿。

我开车赶去，发现他正坐在房间的角落里捂着下巴，脸部肌肉痛苦地抽搐。他被人打中了太阳穴和下巴，额头也挨了两拳。太阳穴的肿胀是最让我担心的。他的眼睛斑驳，变成了深紫色。

"我在莫里森超市外面，什么也没做。我只是让他们不要议论我。"他说。

"该死，这到底是怎么回事？我要打电话报警。"

"那家伙把我打倒在地。他的女朋友，我觉得那是他女朋友，就在一旁看着。"

"也许我们也应该打电话叫医护人员。你当时失去意识了吗？"

"没有，我觉得没有。"他浑身颤抖，一脸困惑。

竟然有人敢这样对待我的儿子，我感觉遭到了冒犯。

"要是戴戴和我在一起，就不会发生这种事情了，对吗？"扎克问。戴戴是扎克对哥哥的昵称，是双 D 的缩写，是他多年前给哥哥贴的一个愚蠢标签。但柔术专家戴尔远在他乡，无法保护扎克，我也一样。

我用冷水打湿厨房毛巾，把它敷在扎克的眼皮上。我也试过联系警察，却无人接听。警局就在附近，于是我留下扎克赶了过去。警局大门紧锁。一块标识指示来访者使用前厅外的黄色电话听筒与人联系。我小心翼翼地把电话举到耳边，想到之前有人触碰过这个听筒，感觉一阵恶心。电话铃响了又响，还是无人接听。我回到扎克家，保证以后会再打电话。

"我们得抓住那些混蛋。"我告诉扎克。

我想为他那张被打得面目全非的脸拍照取证，但扎克拒绝了，躲进了被子里。

"你能从哪儿给我弄些冰块来吗？"他问。

我开车去了汽车修理厂，因为别的地方都关门了。没有冰块。没有冰棍，没有冻豌豆，没有任何能够缓解肿胀的东西。当然，酒店也关门了。我讨厌这该死的疫情。

"你不是说我在这里非常安全吗？"我回来时，扎克问我。

我的心脏、胸腔和喉咙深处的某个地方痛得厉害，我需要坐下来。

医护人员来了，扎克却拒绝去医院拍 X 光片。我的内心其实松了一口气，因为和生活在一个有可能在超市门外被打、别人却视而不见的城镇里相比，我感觉乘坐救护车、走进急救室也一样危险。我崩溃了。那晚和戴尔通话时，他的话再度令我崩溃。"我真希望自己能在那里。"他说，"该死，要是我当时在场就好了。"

这次遭人袭击的经历让扎克回归了我已经许多年不曾见过的状态。他窝在床上不敢出门，不再给我打电话，也不接电话。

我和警察以及莫里森超市的工作人员谈了话。没有目击者。除非扎克同意并提供身份证，否则就无法检查摄像头。他是不会提供的。我问他是否愿意和我一起住在小屋里。他拒绝了，沉默不语。

我相信这次袭击会让团队意识到，扎克真的需要更多的监督与保护，而我确实无能为力。但我还是遇到了障碍。扎克的社工不认为他有资格享受保障性住房。我无法说服她回心转意。

于是我去向"团结英国"的评估经理求助。她担心扎克是夜行动物，可能不适合她的房子。雇人值夜班的成本更高。设施里会有一位工作人员留宿，但除非有紧急情况，否则不应该去打扰她。

我想调整扎克的生物钟，让他重新回归白天的生活，但我知道他要做的不仅仅是在早上醒来。他还需要重新信任他人，原谅那些从他手里夺走了很多东西的人，并找到同类。他需要足够的安全感。

我逐渐开始意识到，我一直在祈求的帮助其实并没有什么帮助，而且始终都是带有附加条件的。我无法强迫扎克搬进护理院，就像我无法强迫他吃药、或是将他治愈。尽管我给了他一个身体，但他拥有自己的精神。这是我必须学习的一个最重要的教训。

在象海豹栖息地工作的最后那段日子里，我曾被派去新年湾的湾头滩站岗。那里有只受伤的象海豹爬到了岸边。与其他观景区域相比，这里很难进入，必须爬过几块巨石，绕过海湾，才能走到沙滩上。

海浪凶猛，浪头高高地喷向空中。保护区似乎想在我身上留下最后的印记。我在沙滩上找了根被海浪冲烂了的原木，坐了下来。近距离观察，海水似乎冲破了海岸线，眼看就要把我拖出去卷走。但浪花在 30 英尺开外的地方被击碎，却并没阻止我心中的恐惧。

马福里克斯是世界上最大的涌浪发源地之一，就在离这里不远的北方。距离旧金山 27 英里的法拉隆群岛则是这里大白鲨最多的地方。

我向下拉了拉红色的讲解员帽子，抵御着海风。新年湾四处海雾弥漫，让我感觉仿佛与世隔绝。我要监护的未成年雄性象海豹让我望而却步。它体形庞大。仅凭它的体形和鼻子长度来看，我判断他大约七八岁，属于未成年动物。我用双筒望远镜，看到了它背上的伤疤，看起来像是被鲨鱼咬伤的。

我小心翼翼地靠近它，发现他的表情十分疲惫，巨大的身躯侧躺在地上，一动不动，丝毫没有理会几英尺外猛烈拍岸的海水。我不知道他是否正在忍受痛苦。我的工作就是看护这头形单影只的未成年象海豹，和我早年间一天天、一周周、最后连续几个月背负着看护扎克的责任一样。有时扎克会希望我坐在他的床边，这样他才能入睡。有时他只要求我在他醒着的时候陪伴在他左右。

"我害怕事情会以怎样的方式结束。"他经常说，

"如果你知道，请告诉我。"

"结局不会很糟。你会长长久久、幸幸福福地过一生，做些让你满足的事。"我经常这样告诉他。但这种不确定性也让我感到害怕。

象海豹的尾巴像船舵一样在沙子里甩来甩去。我又检查了一遍，好确定他是雄性的，因为雌性象海豹做出这个动作就表示它即将生产。从我坐着的地方看不到它的性器官，但按照自然规律，这个大脑袋、长鼻子的大家伙是不会生崽的。

几分钟之后，一个徒步旅行者穿着惠灵顿长靴，挂着尤加利树枝制成的手杖，蹚着水走了过来。他问了我几个有关海滩和岩层的问题，然后看到了象海豹，要求拍张照片。我允许他站在25英尺以外的地方按下快门。

象海豹笨拙地向后退去，身上的脂肪不停地移动、颤抖。

又有三个徒步旅行者穿过海湾，来到沙滩。其中一名年轻女子看到象海豹，兴奋地放声尖叫。我看到象海豹长长的鼻子抽动起来，于是想让她安静。这片沙滩是这只充满威严的动物栖息的地方。她就相当于站在象海豹家的卧室里，太无礼了。

我只是瞪着眼睛，紧紧攥着手里的对讲机，确定机器调到了第二频道。女子及其同伴对象海豹避而远之，消失在悬崖边。

我回到原木旁坐下，坐到屁股都已麻木。风小了。夕阳西下，在水面上映出一道宽阔的银色波纹。象海豹似乎很开心，享受着温暖的海浪有节奏地轰鸣，以及岸边的沙滩和卵石移动的声响。

我通过训练得知，象海豹在水下比在空气中更容易听到声音，其中一部分原因在于它的中耳适应了潜水深度的压力。动物听到的声音频率与人类不同。有些人会幻听，或者说听得到别人听不到的声音。这种人其实比我们已知的要多得多。

我的沉思被一对牵着比特犬绕过海湾的夫妇打断了。我拿着无线电走上前，解释说附近有只受伤的象海豹。他们主动表示会马上离开。我表达了感谢，回过头紧盯着象海豹，希望它赶紧恢复健康，回到北岬的其余象海豹身边。

等到只有我和象海豹时，我凑上前，打破了应该保持的距离。我为它的伤口拍了张照片，在手机上放大看了看。伤口很深，是粉红色的，中间有些泛黄，像是被什么东西一口咬进了皮脂。

"小家伙，一定要好起来哦，拜托。"我努力让自己的声音盖过海浪。

受伤的象海豹抬起头，尾巴重重地落在沙滩上。他一次又一次重复着这个动作。就在我准备离开时，它仰天长啸了几声，声音消失在海风与海浪中，然后朝着大海爬去，标志性的叫喊声愈发嘹亮。

它的体力已经恢复到可以下水了吗？我不希望那道伤口引来捕食者。我注视着它黑色的身影向北移动，游向象海豹群所在的隔壁海滩。我本打算徒步前往北岬，看看还能否发现它的身影，但太阳已经西垂，一号高速公路很快就会陷入夜色之中。我需要抓紧时间。

我觉得我可能再也看不到那只象海豹了，除非我能恰好赶在对的时间回到美国，在它爬上北岬换毛或者在柳树下交配时，发现它身上那道引人注目的战斗伤疤。无论我们能否再见，它都必须继续面对水中的危险。我知道，今天陪在它身旁就是我能尽到的最大努力。对它而言也一样。这只在战斗中受伤的野兽。

第二十章
家

雌性逆戟鲸或海豚生产时，群体中其他的雌性会投入更多的精力抚养幼崽。它们会帮助幼崽浮出水面，进行第一次换气。如果幼崽死亡，它们也不会放弃，而是会聚集在刚刚生产完的母亲身边，陪伴它一段时间，在旅途中为它提供保障。这段共同悲伤的旅途可能会持续好几天。那一刻，它们会停止将幼崽托出水面，但会继续为鲸鱼母亲寻找食物，不会抛弃它。

在诺福克，我也找到了自己的群体，名为"安全空间"。五名成员都是母亲，子女都有精神病史。每周三晚7点，我们都要在线上开会。会议充满了欢声笑语。数不清的欢声笑语。有时也会有眼泪，尤其是我。走出痛苦之后，我们就会理解拥抱彼此、不要转身离开的意义。我们认同，谁都会发疯，谁都会精神错乱，也都会遭受创伤。我们的爱人和其他人没有什么不同。也许更敏感、更有同理心。他们只是站在了第一线参与这场斗争。

扎克又开始慢慢振作起来，相信他可以和我说话，并且愿意离开床铺、放下早餐，陪我和米琪去散步。他想知道我们还能不能一起去西班牙，走走圣地亚哥之路，或是像我们经常说起的那样，举家前往哥斯达黎加。这样他和戴尔就能去那里冲浪。他想找一份不太辛苦的兼职工作，养只属于自己的狗，以吉他手的身份加入一支乐队。

针对他提出的"哪里最适合我"这个问题，我们讨论过苏格兰的一个治疗农场社区，以及搬去精神病疗养院居住。这些都属于收容所而非医院，价钱合理，由病友经营，不会强制用药。治疗过程是通过人际关系进行的。扎克很好奇。决定权在他。

晚上，为了助眠，我会登录新年湾的实时直播。这是一个全天 24 小时记录海湾景象与声音的摄像头。即便闭上双眼，我也能辨认出最吵闹的加州海狮的吠叫，还有象海豹低沉的打嗝声。

如果我在凌晨醒来，担心扎克独自一人，我会调整呼吸。吸气8秒。吐气8秒。黎明前的无线网络信号是最强的。有时实时直播会自动重新连接。我能听到风声，还有海浪的声响。它们能哄我入眠，仿佛我正躺在船上的吊床里。

清早的太阳升起时，我打开厨房的窗户，聆听鸟儿的鸣叫。东安格利亚的沼泽是许多不同种类的小鸟的家。

家。我想念曾经拥有自己的家。我想念南斯。她准备卖掉我们在好莱坞的老宅（正是在那里的洗衣房中，扎克第一次带着我们踏上了一条意想不到的道路），这样我们就可以在英国找个地方安家。我需要抓住这样的念头不放。我希望扎克能在周末和节假日来探望我们。戴尔也决定要搬来英国。过了这么久，我们也许终于能在同一座大陆上团聚了。

我的朋友黛博很喜欢我们能搬到她附近这个想法，给我发来了兰开夏荒原上的房产清单。"我们想要一座需要修缮的老房。"我说，"如果治不好扎克，我希望自己至少能够修好某样东西。"

2020 年 8 月初，我突然有了一个想法。诺福克的布莱克尼海岬有一片象海豹栖息地。有艘船可以从摩尔斯顿码头出发，绕着英国最大的普通象海豹和灰象海豹栖息地沙洲航行。那些动物是我的象海豹在英国的表亲。我想去看看他们。

和许多其他事情一样，象海豹观摩之旅也因封锁暂停了，但限制正在逐渐放宽。直到两周前，政府重新开放了国家信托基金的停车场，授权游船旅游经营者重新载人出港，这里才恢复了人气。

乘客必须佩戴口罩，搭载人数也从 25 人减少到了12 人。船票卖得很快，所以我是提前预订的。米琪可以随我同去。我问扎克愿不愿意陪我。他拒绝了。我每个人都有说"不"的权利，尤其是扎克。他以前说过很多次"不"，却没有人听他的。

一波热浪席卷了英国。气温飙升至 36 度，但我出发的那天早上降到了 22 度。天气依旧非常潮湿。我对着仪表板上的风扇吹着冷气，希望它能吹到后座上的米琪。

刚开出几英里，我们就遇上了雷雨。天空中电闪雷鸣。不出几分钟的工夫，大雨倾盆。象海豹喜欢雨，它们在阵雨和暴风雨中比较活跃。我沉浸在万物的包围之中，感到开心和幸福。红砖外墙的平顶旧谷仓排列在乡间小路两旁，田野蜿蜒伸展。我们正离大海越来越近。

我很早就想换换口味了，于是在霍尔特以南3英里处的一个农场小摊前停了下来，买了自制的黑莓果酱和一袋新挖的土豆。我挑出3枚1英镑的硬币，把它们丢进全凭信任、自行付款的钱箱里。我喜欢这种方式。我想象南斯能来这里陪我。我们也可以做同样的事情，在农舍的大门外摆张小桌，出售多余的鸡蛋、酸辣酱，或者我们能节约出来的任何东西。

我在布莱克尼海岬取了票，然后又开了几英里，去摩尔斯顿码头上船。我想和旅游公司老板保罗·毕晓普聊聊象海豹的事，但他太忙了。他告诉我，东温奇的皇家防止虐待动物协会经营着一片象海豹保护区。那里负责救治生病的动物，治好后再将它们送回河口。

我想到了远在天边、荒无人烟的新年湾。我知道这两片保护区之间的区别不完全是事先就安排好的。新年湾是加州州立公园指定的"自然保护区"，因此动物若是即将死于正常的生命周期，将不会得到救治。这就是法规，在领土面积相对较小的英国，象海豹的体积小、容易运输，数量更少，因此保护与干预更容易实现。

还有其他一些变量。这里的地形比较平缓。北海可能波涛汹涌，但它不是太平洋。这里没有鲨鱼，除了人类的渔网和飞盘圈，没有其他的捕食者可以威胁象海豹。

在小小的英格兰，我乘船经过的这场大雨仅仅是一场普通的夏季风暴。倾盆大雨和隆隆雷声，但没有地壳板块运动，没有森林火灾或海啸。那是一个平静、凉爽的日子，人们礼貌地排队购买船票、冰激凌、茶或香肠卷。

待乘客纷纷落座，戴上口罩，保持好一定的社交距离，船就启航了。这艘船看上去已经过时，是用老旧的木料重叠搭造而成的，舷外的发动机会发出摩托车般的咔咔声。小船缓缓驶出摩尔斯顿码头时，我把米琪放在了腿上。我们穿梭在众多停泊的小帆船之间。它们有着诸如朱诺、光轮、海雀、天空、赫拉克勒斯、杰基、珍和安吉拉之类的名字。船一驶出这群漂亮的小帆船，海浪就变得汹涌起来。我能看到通往北海的入海口，紧紧搂着米琪。

　　船长告诉我们，到了今天晚上，这里就没有水了。一旦潮水退去，这片区域就会暴露出来，只留下一层沙子和卵石。从船边往下看，可以看到页岩和浅水河口的底部。这里的一切都在不断变化。沙丘和沙洲每年都会被挖去一码，将海岬移向越来越远的地方。

　　随着船速加快，我感到兴奋。我可能会看到小象海豹，因为8月是在普通象海豹生产季节的尾声。我已经迫不及待想看到灰海豹。

　　船长将船头指向布莱克尼海岬。我们面前的沙洲是白色的，空气中的气味让我想起了新年湾。那是咸咸的海滨空气和鸟粪的气味。白嘴端凤头燕鸥和普通燕鸥散布在空中，叫声响亮刺耳。他们随时都有可能启程朝着非洲海岸迁徙。

　　在一片隆起的小卵石上，我看到岸边布满了动物。小船行驶到与它们平行的位置，关掉了发动机。普通象海豹的皮毛是斑驳的棕色。灰象海豹幼崽的皮毛在3个星期前还如同棉花一样雪白，如今却成了暗灰色。吃了母乳，它们的体形也增加了两倍。和象海豹一样，也要独自在水中生活。

还有其他的相似之处让我回想起新年湾那些心爱的动物。象海豹母亲会在保护区的沙丘上生产,待幼崽断奶后就将它们抛弃、任其自生自灭。它们还会再次交配、返回海洋、继续为了哺育幼崽忍饥挨饿。今天,我注视着这些象海豹抓挠蜕皮的肚皮,在水中嬉戏、互相争夺统治权。在凉爽的日子里出海真是令人感觉神清气爽。

这里也并非事事都和新年湾一样,而且是大相径庭。这里更安全、友善。最令人欣慰的是统计数据。这片繁殖地今年栖息着超过 2700 只象海豹,创下了纪录,而且死亡率只有 2.5%。

随着小船最后一次绕过海岬,转了一个大弯驶向码头,我最后看了一眼。象海豹一年中大部分时间都在觅食贝类和沙鳗。这两种食物在这里供应充足。它们不必冒险深入北海中部地区,平均下潜距离不超过 70 米,每次在水下停留的时间也不会超过 5 到 10 分钟。

我的双筒望远镜对准了一只孤零零的灰色小象海豹。其他幼崽都在水里嬉戏,为自己的处女航做着准备。它们的母亲已经离开。我把镜头拉近,注视着他的鳍状肢,已经加上了标签,这样保护区就能追踪他的行踪，密切关注它的进食和潜水模式。它凝视着地平线，无视其他幼崽溅起的水花和叫喊声，似乎不愿在冰冷开阔的水域中绷紧全身，想要确保水中格外平静时再说。它的旅途不会像象海豹幼崽那样危机四伏，但我还是想为它加油，支持它独自踏上这段首航。

"祝你好运，小家伙。"我大喊。其他乘客纷纷把目光投向了我。不知为何，那一刻，我当即自信地认为，我一定会重新回到保护区。我不确定是什么时候，但很快就会回来。

在此期间，我放下了一切忧虑。和许多灰象海豹一样，这只象海豹也将回到布莱克尼海岬，回到同一片出生地。由于海水侵蚀的问题，它可能不得不寻找更高的地方，或是沿着海边的温特顿海岸游向更远的地方，但它一定会回来的，变得更大更强壮，遵循内心的直觉。它将学会如何捕鱼，如何潜水，如何在这个被它称之为家的地方生存下去。

致谢

《象海豹出现的时刻》是一个合作项目。在这里，我要谦卑地感谢每一个帮助过我的人。感谢《纽约时报》发表了我的文章《被精神崩溃击垮》，让我意识到这些故事可以成书。玛姬·胡姆教授和麦克·戴维斯教授坚称我可以大胆地将个人的经历记录下来。我的导师凯西·麦迪逊与我分享了她的专业知识，并像对待家人一样支持我，因为在某种程度上，我就是她的家人。

同为作家的卡米拉·巴尔肖、考特尼·伦德·奥尼尔、西尔维亚·苏科普和邦尼·卡普兰阅读了本书的初稿，提供了有爱且犀利的批评。凡事都"亲力亲为"的C&W经纪人艾玛·芬恩每一步都走得既聪明又顽强。在哈珀·柯林斯公司的格蕾丝·彭格利、乔·汤普森和亚历克斯·金格尔巧妙的指导下，这项工作才得以完工。"安全空间"的联合创始人詹姆斯·斯佳利和乔安娜·莫娜汉在心理健康语言方面提供了建议。新年湾州立公园以及我的讲解员项目导师凯利·奥康纳耐心地与我分享了她所知道的有关鳍足类动物的一切。我最好的朋友简妮了解真实的我。过去和现在的互助小组母亲们也了解我的内心。我那说依地语的妈妈为我灌输了讲故事的力量。贝蒂阿姨先是为我提供了一个情感空间,然后又为我成为作家提供了容身之地。两座大陆上的家人都始终包容着我。当然还有南斯,她坚信有一天我能与全世界分享我的作品,并以各种方式支持着我,确保我永不放弃。我的两个儿子中,令我备感骄傲的戴尔深爱弟弟,总能逗我们欢笑。扎克不屈不挠的精神仍在教导我有关自我和这个世界的许多事情。

图书在版编目（CIP）数据

象海豹出现的时刻 / (英) 塔尼亚·弗兰克著；黄瑶译. -- 北京：北京联合出版公司，2024.7
ISBN 978-7-5596-7581-1

Ⅰ.①象… Ⅱ.①塔… ②黄… Ⅲ.①随笔 - 作品集 - 英国 - 现代 Ⅳ.①I561.65

中国国家版本馆CIP数据核字(2024)第077825号

Copyright © 2023 by Tanya Frank
Published by arrangement with Conville & Walsh, through The Grayhawk Agency Ltd.

北京市版权局著作权合同登记号 图字：01-2024-1383

象海豹出现的时刻

作　　者：［英］塔尼亚·弗兰克
译　　者：黄瑶
出 品 人：赵红仕
责任编辑：李艳芬
选题策划：大愚文化
特约监制：王秀荣
特约编辑：米娅
装帧设计：宋祥瑜

北京联合出版公司出版
（北京市西城区德外大街 83 号楼 9 层 100088 ）
北京华联印刷有限公司印刷　　　　　新华书店经销
字数 100 千字　880×1230 毫米　1/32　9 印张
2024 年 7 月第 1 版　2024 年 7 月第 1 次印刷
ISBN 978-7-5596-7581-1
定价：59.00 元